くのいち小《こ》桜《ざくら》忍《にん》法《ぽう》帖《ちょう》

火の降《ふ》る夜に桜《さくら》舞《ま》う

斉藤洋 作
大矢正和 絵

あすなろ書房

くのいち小桜忍法帖

火の降る夜に桜舞う

もくじ

登場人物紹介

小桜四郎

橘北家十郎左の末娘、くのいち。
あるときは、振り袖の美少女として、
あるときは、商家の少年（丁稚）として、
江戸の町で暮らしている。

十郎左

忍びの一族、橘北家の総帥。

半守

〈近江屋〉の番犬にして、
橘北家の忍犬。

一郎

十郎左の長男。
おもてむきは、江戸の薬種問屋
〈近江屋〉の主人。

次郎

十郎左の次男。
遠国で外様大名の動向をさぐっている。

三郎

十郎左の三男。
父とともに江戸城内の屋敷に住んでいる。

佐久次

橘北家の忍び。おもてむきは、
〈近江屋〉の番頭として働いている。

雷蔵

岡っ引き。
町奉行所の同心に協力して、
市中の犯罪をとりしまっている。

市川桜花

歌舞伎の女形。

序《じょ》

京橋《きょうばし》から日本橋《にほんばし》にむかう大通りの左右には、江戸《えど》ばかりか日本中に知れわたっている大店《おおだな》がならんでいる。

その大通りから一本裏《うら》に入った小路《こうじ》に、薬種問屋《やくしゅどんや》の近江屋《おうみや》がある。建物は二軒《けん》つづきで、北側は釜屋《かまや》という飯屋《めしや》だ。

その釜屋《かまや》の小座敷《こざしき》にふたりの男があがって、何やら話しこんでいる。

卓《たく》の上には、茶碗《ちゃわん》がふたつ。茶碗《ちゃわん》の中は酒ではなく、茶のようだ。食い物の皿はひとつもない。

釜屋《かまや》の親父《おやじ》はといえば、ふたりの客に食い物を出すでもなく、流し場で洗《あら》い物《もの》をしている。

小座敷《こざしき》の男のうちのひとりは岡《おか》っ引《ぴ》きで、歳《とし》は三十を過《す》ぎているだろう。きびしい面《つら》がまえの恰幅《かっぷく》のいい男だ。

もうひとりは、岡《おか》っ引《ぴ》きより若《わか》く、三十そこその年齢《ねんれい》に見える。商家《しょうか》の番頭《ばんとう》といったいでたちだが、肩《かた》や足腰《あしこし》の筋肉《きんにく》のつきかたは武士《ぶし》のようだ。

その男が卓《たく》の上に身をのりだして、岡《おか》っ引《ぴ》きに言った。

「へえ、そりゃあ、親分。みょうな話じゃないですか。」

「でしょう？　番頭《ばんとう》さん。だけどね、これにはかならず仕掛《しか》けがありやすよ。おそらく、どこかの小悪党《こあくとう》のしわざです。まだ死人は出ていませんが、放火となりゃあ、大罪《だいざい》でさあ。かならず、この仁王《におう》の雷蔵《らいぞう》がとっつかまえてみせまさあ。」

「だけど、火のついた振袖《ふりそで》が飛んでくるなんて、まるで明暦《めいれき》の大火《たいか》ですね。」

岡《おか》っ引《ぴ》きに番頭《ばんとう》さんと呼《よ》ばれた男はそう言うと、前のめりになっていた体を起こし、腕《うで》をくんだ。

「そうなんですよ。明暦《めいれき》の大火《たいか》っていやあ、五十年近く昔のことです。そのころ十歳《さい》だった子どもだって、もう還暦《かんれき》になろうかって、それくらい前のことで、年よりの中には、おぼえている者もおりましょうがね……。」

仁王《におう》の雷蔵《らいぞう》と名のった男はそう言って、茶碗《ちゃわん》を手に取り、茶をひとくち飲んだ。

明暦《めいれき》の大火《たいか》とは、別名振袖《ふりそで》火事とも言われ、江戸《えど》の町屋《まちや》はもとより、大名屋敷《だいみょうやしき》、さらに、江戸城《えどじょう》の本丸《ほんまる》まで焼いたという大火事《おおかじ》だ。

伝えられているところでは、麻布《あざぶ》の質屋《しちや》、遠州屋《えんしゅうや》に、梅乃《うめの》という娘《むすめ》がおり、この娘《むすめ》が母親といっしょに、本郷《ほんごう》の本妙寺《ほんみょうじ》に墓参《はかまい》りいったその帰りに、上野山《うえののやま》ですれちがった若者《わかもの》に恋《こい》をしたというのが因縁《いんねん》のはじまりだ。この日から、梅乃《うめの》は寝《ね》ても覚めても、その若者《わかもの》のことばかり。だが、その若者《わかもの》はどこのだれともわからない。わかっているのは、その日、荒磯《あらいそ》に菊柄《きくがら》の着物を着ていたことだけなのだ。娘《むすめ》を不憫《ふびん》に思った両親はその着物と同じ柄《がら》の振袖《ふりそで》を娘《むすめ》に作ってやったところ、娘《むすめ》は毎日その振袖《ふりそで》をかきいだいては、泣いてすごすばかりだった。それで、恋《こい》の病《やまい》というやつか、しだいに元気がなくなり、病気になって、そのまま亡《な》くなってしまった。

葬式《そうしき》の日、両親は娘《むすめ》の棺《ひつぎ》にその振袖《ふりそで》をかけて、本妙寺《ほんみょうじ》の墓地《ぼち》に送りだした。

棺《ひつぎ》にかけられたものは寺男たちがもらっていいというのがきまりだから、その寺の寺男たちはこれを売って、金にかえ、こづかいにした。

振袖《ふりそで》は転売され、めぐりめぐって別の娘《むすめ》のものになる。だが、この娘《むすめ》も病気になり、振《ふり》袖《そで》は棺《ひつぎ》にかけられ、江戸《えど》に寺はそこだけというわけでもないのに、本妙寺《ほんみょうじ》にもどってきた。するとまた、寺男たちはこれを売って、金にかえた。するとこれがまた別の娘《むすめ》のものになるのだが、その娘《むすめ》も死んで、またまた振袖《ふりそで》は棺《ひつぎ》にかけられ、本妙寺《ほんみょうじ》にもどってきたのだ。

こうなるともう、寺男たちもさすがに不気味になり、住職《じゅうしょく》にたのんで、供養《くよう》してもらうことにした。

住職《じゅうしょく》は経《きょう》を読みながら、護摩《ごま》の火の中に振袖《ふりそで》を投げいれたのだが、そのとき突風《とっぷう》が起こり、火のついた振袖《ふりそで》が空に舞《ま》いあがった。それを見ていた者の話では、まるで人が着て、立っているようなかっこうで、火のついた振袖《ふりそで》が空を飛んだという。

振袖《ふりそで》は遠くまで飛んだわけではなく、本妙寺《ほんみょうじ》の軒先《のきさき》に落ちたのだが、たちまち本妙寺《ほんみょうじ》を焼き、火は江戸《えど》の半分以上を焼け野原にしたのだ。

それは、春とはいえ、まだまだ寒く、三月《みつき》ほど雨が降《ふ》らなかったあとのことだったから、空気もかわききっていたのだ。

ゆっくりとお茶を飲んでから、岡《おか》っ引《ぴ》きが言った。

「それで、今度のことも、火事のまえに、荒磯《あらいそ》に菊柄《きくがら》の振袖《ふりそで》が空を飛んだって、そういうことなんで。」

「なるほどねえ。怪談《かいだん》がかっていて、おもしろいって言えば、おもしろいかもしれませんが、火事ということになるとねえ。」

商家《しょうか》の番頭《ばんとう》がそう言うと、仁王《におう》の雷蔵《らいぞう》はうなずいた。

「しかも、火は不審火《ふしんび》だし、火事を出した家の近くじゃあ、その何日かまえに、祈禱師《きとうし》がやってきて、火厄除《ひやくよ》けの札《ふだ》を売って歩き、その札《ふだ》を買わなかったうちが燃《も》えるって、そんな事件《じけん》が今月に入って、五、六件《けん》あったんでさあ。」

「なんだ、それじゃあ、その祈禱師《きとうし》が火付けの下手人《げしゅにん》でしょう。お札《ふだ》を買えば、火事にあわないっていう評判《ひょうばん》を作って、火厄除《ひやくよ》けの札《ふだ》を売りさばこうっていう魂胆《こんたん》ですね。」

「ま、そういうことです。」

と言って、雷蔵《らいぞう》は笑った。だが、すぐに笑いをおさえ、

「いや、笑ってる場合じゃありやせん。ほうっておけば、人が死にますからね。」

「たしかに。」

番頭《ばんとう》がもう一度うなずいたところで、飯屋《めしや》の入口に人影《ひとかげ》がさし、ひとりの丁稚《でっち》が姿《すがた》をあ

らわした。

その丁稚《でっち》に、雷蔵《らいぞう》が声をかけた。

「おや、お嬢《じょう》さん。きょうはお店のお手伝《てつだ》いですか？」

丁稚《でっち》をお嬢《じょう》さん呼《よ》ばわりとは妙《みょう》だ。

だが、そのあと、番頭《ばんとう》も、

「そこで立ち聞きなさってましたね。」

と、まるで、丁稚《でっち》に対する番頭《ばんとう》の言葉づかいではない。

丁稚《でっち》は飯屋《めしや》に入ってくると、雷蔵《らいぞう》に、

「親分さん。こんにちは。」

とあいさつをしてから、たずねた。

「それで、その祈禱師《きとうし》っていうのは、どんなやつなの？」

「それがですね。山伏姿《やまぶしすがた》をしているんですがね。けれども、頭襟《ときん》のかわりに、狐《きつね》の面を額《ひたい》にかけて、自分は火事除《かじよ》けのお狐様《きつねさま》の使いだって、お札《ふだ》を売りながら、そんなことを言うんだそうで……。」

「お狐様《きつねさま》？」

と雷蔵《らいぞう》の言葉をたしかめたのは、丁稚《でっち》ではなく、番頭《ばんとう》だった。

雷蔵《らいぞう》は小座敷《こざしき》から土間《どま》に足をおろし、ぞうりをつっかけると、

「そうですよ、番頭《ばんとう》さん。お狐様《きつねさま》ってね。それじゃあ、またきます。旦那《だんな》によろしくお伝えください。」

と言って、立ちあがった。

それから、丁稚《でっち》に、

「今夜あたり、ひょっとして、押上村《おしあげむら》で火事があるんじゃねえかって、そう思うんです。惣兵衛《そうべえ》っていう庄屋《しょうや》の屋敷《やしき》があるあたりです。ですから、そっちのほうへのお出かけはおひかえなすったほうがいいですよ。それじゃあ、ごめんなすって。」

と言い、そのまま飯屋《めしや》を出ていってしまった。

雷蔵《らいぞう》の足音が遠ざかると、丁稚《でっち》は小座敷《こざしき》に腰《こし》をおろし、まだそこにすわっている番頭《ばんとう》に言った。

「あれじゃあ、押上村《おしあげむら》に見にこいって言ってるのと同じじゃないの。」

「そうですね、姫《ひめ》……。」

とつぶやくと、番頭《ばんとう》は、

「ちょっと、わたしは出かけてきますから、さきにお店におもどりください。」

と言いのこし、店から出ていってしまった。

仁王《におう》の雷蔵《らいぞう》にお嬢《じょう》さんと言われ、出ていった番頭風《ばんとうふう》の男からは姫《ひめ》と呼《よ》ばれた丁稚《でっち》はそのあとどうしたかというと、飯屋《めしや》から出ていくわけではなく、土間《どま》をはさんでむかい側のあがりかまちから、二階につづく階段《かいだん》をあがっていってしまった。

岡《おか》っ引《ぴ》きの仁王《におう》の雷蔵《らいぞう》、どこかの商家《しょうか》の番頭《ばんとう》、それから丁稚《でっち》、どうも奇妙《きみょう》な三人ではある。

一段　正体

三人の正体を明かしてしまえば、こうだ。

まず、岡《おか》っ引《ぴ》き。

これは上野《うえの》不忍池《しのばずのいけ》のほとり、寛永寺《かんえいじ》の仁王門《におうもん》のすぐ近くに住む岡《おか》っ引《ぴ》きで、仁王《におう》の雷蔵《らいぞう》という者だ。

岡《おか》っ引《ぴ》きといえばふつう、南か北の奉行所《ぶぎょうしょ》の同心《どうしん》にやとわれていて、同心《どうしん》とは、いわば主従《しゅじゅう》の関係なのだが、雷蔵《らいぞう》にはそういう主人はいない。事件《じけん》が起こると、そのたびに、いろいろな同心《どうしん》にやとわれる。それだけ腕《うで》がいいということだ。ときには、奉行所《ぶぎょうしょ》が動きだすまえに、下手人《げしゅにん》をあげ、奉行所《ぶぎょうしょ》につきだして、褒美《ほうび》をもらうということもある。子分が五人ほどいる。

べつに子分が五人いても、たいしたことはないと思うかもしれないが、武士《ぶし》でも、家臣や中間《ちゅうげん》が五人いたら、それはもうひとかどの者なのだ。子分が五人いるということは、それだけの人数を食べさせていくだけの力があるということだろう。

それから、商家《しょうか》の番頭《ばんとう》だが、これは、飯屋《めしや》のとなりの近江屋《おうみや》の番頭《ばんとう》だ。名を佐久次《さくじ》という。だが、これはあくまでおもてむきのことで、江戸城御庭役《えどじょうおにわやく》、橘北家十郎左《たちばなほっけじゅうろうざ》の手下、つまり忍《しの》びである。

江戸城御庭役《えどじょうおにわやく》とは、もともと江戸城《えどじょう》の庭の整備《せいび》と警備《けいび》が役目だ。つまり、江戸城《えどじょう》の庭木の手入れなどをしながら、城《しろ》に出入りする者たちを監視《かんし》することが仕事だ。これは、将軍《しょうぐん》直属《ちょくぞく》の役職《やくしょく》で、御庭役《おにわやく》には二家あり、一方を橘北家《たちばなほっけ》といい、もう一方を橘南家《たちばななんけ》という。

なぜふたつあるかというと、北家《ほっけ》と南家《なんけ》では、監視《かんし》するあいてがちがうからだ。

橘北家《たちばなほっけ》は外様大名《とざまだいみょう》たちがあいてであり、橘南家《たちばななんけ》のあいては徳川譜代《とくがわふだい》の大名《だいみょう》や旗本《はたもと》たちだ。

両家とも姓《せい》に橘《たちばな》がついているが、親戚《しんせき》ではない。忍《しの》びの流派《りゅうは》もちがう。北家《ほっけ》は伊勢流《いせりゅう》。南家《なんけ》は美作流《みまさかりゅう》。双方《そうほう》とも、忍《しの》びの数はおよそ五十というところだ。

橘北家《たちばなほっけ》の総帥《そうすい》、橘北家十郎左《たちばなほっけじゅうろうざ》の屋敷《やしき》は江戸城内《えどじょうない》、平川門《ひらかわもん》の近くにある。近くといっても、城《しろ》の小道から奥《おく》まったところにあるから、日ごろ、城《しろ》に出入りしている諸藩《しょはん》の武士《ぶし》たちも、そんなところに御庭役《おにわやく》の屋敷《やしき》があるとは気づかない。いや、そもそも江戸城《えどじょう》に御庭役《おにわやく》という者たちがいることすら知らない者がほとんどだろう。

その屋敷《やしき》には、十人ほどの者が住んでいる。あとの四十人のうち、およそ半数が江戸市《えどし》中《ちゅう》のあちこちに住み、残りの半分は西国《さいごく》などの外様大名《とざまだいみょう》の領地《りょうち》をさぐりにいっている。

橘北家十郎左《たちばなほっけじゅうろうざ》には、子が四人いる。

長男は一郎《いちろう》。歳《とし》は三十二。橘北家《たちばなほっけ》の跡《あと》をつぐべき惣領《そうりょう》である。この橘北家一郎《たちばなほっけいちろう》が数人の手下とともに住んでいるのが近江屋《おうみや》だ。

次男は次郎《じろう》。二十歳《はたち》で、体術《たいじゅつ》にすぐれ、忍《しの》びの技《わざ》だけなら、兄《あに》の一郎《いちろう》をしのぐと言われている。

三男は三郎《さぶろう》、十五歳《さい》。

この三人兄弟《きょうだい》はみな、役者のようにきれいな容姿《ようし》をしているが、とりわけ三男の三郎《さぶろう》は、まだ顔にあどけなさを残しており、錦絵《にしきえ》に描《えが》かれた楠正行《くすのきまさつら》に似《に》ている。

それから四男、いや、男ではないので、四男ではない。第四子、長女の名が橘北家四郎《たちばなほっけしろう》小桜《こざくら》。

橘北家《たちばなほっけ》は女子でも忍《しの》びとしてはたらくので、男子名も持つことになっている。

その橘北家《たちばなほっけ》四郎《しろう》小桜《こざくら》が、さきほど飯屋《めしや》の階段《かいだん》をあがっていった丁稚《でっち》である。小桜《こざくら》は薬種《やくしゅ》問屋《どんや》の近江屋《おうみや》にいるときは、たいてい丁稚《でっち》のかっこうをしている。とりわけ、昼間、店が開いているときにはそうだ。

小桜《こざくら》は一郎《いちろう》を一郎兄《いちろうあに》、次郎《じろう》を次郎兄《じろうあに》、三郎《さぶろう》を三郎兄《さぶろうあに》と呼《よ》んでいる。

ところで、なぜ小桜《こざくら》が飯屋《めしや》の釜屋《かまや》の階段《かいだん》をあがっていったかというと、釜屋《かまや》と近江屋《おうみや》の二階の座敷《ざしき》の押《お》し入《い》れはつながっており、そこを通ると釜屋《かまや》から近江屋《おうみや》にぬけられるというしくみなのだ。ようするに、忍《しの》び屋敷《やしき》のからくりである。

そのようにして釜屋《かまや》から近江屋《おうみや》にもどり、店におりてきた小桜《こざくら》に、帳場《ちょうば》から一郎兄《いちろうあに》が声をかけてきた。

「番頭《ばんとう》さんは？」

店には行商の薬屋がふたり、薬の仕入れにきている。店の手代《てだい》がふたり、それぞれのあいてをしている。

店に客がいて、自分が丁稚《でっち》のかっこうをしているときは、小桜《こざくら》はあくまで近江屋《おうみや》の丁稚《でっち》なのだ。

小桜《こざくら》が娘《むすめ》の姿《すがた》で店にいるときもある。そういうときは、小桜《こざくら》はじっさいどおり、一郎《いちろう》の妹ということになっていたり、親戚《しんせき》ということになったりする。

「へえ。番頭《ばんとう》さんは、どうもきゅうにご用を思いつかれたようで、どちらかへ出かけられました。」

小桜《こざくら》がそう答えると、一郎兄《いちろうあに》はべつにあやしむわけでもなく、

「そうか。」

と言って、帳簿《ちょうぼ》に目を落とした。

もうじき昼餉《ひるげ》だ。

昼餉《ひるげ》はみな、順番にとなりの釜屋《かまや》に行って、すませることになっている。

ふたりの行商人が帰ったところで、そのあいてをしていたふたりの手代《てだい》に、

「おまえたち、さきに昼餉《ひるげ》を。」

と言い、ふたりが店から出ていったところで、佐久次《さくじ》がもどってきた。

佐久次《さくじ》はぞうりをぬいで、店にあがると、一郎兄《いちろうあに》の耳に何かささやいた。

一郎兄《いちろうあに》は薬の紙袋《かみぶくろ》をおりたたんでいた小桜《こざくら》のほうをちらりと見て、うなずいた。

「わかった。だが、油断《ゆだん》せずにな。」

きっと、佐久次《さくじ》は付け火がらみのことで、何かをしらべに出かけ、わかったことを一郎《いちろう》兄《あに》に報告《ほうこく》したのだ。

たぶん、佐久次《さくじ》は今夜、押上村《おしあげむら》に小桜《こざくら》をつれていってくれるのだろう。

もしつれていかなければ、小桜《こざくら》がひとりで行ってしまうにきまっている。それなら、自分がいっしょに行ったほうがいい。

佐久次《さくじ》はそう思ったにちがいない。

だが、どうして、仁王《におう》の雷蔵《らいぞう》親分は、きょう押上村《おしあげむら》で起こりそうな付け火のことを小桜《こざくら》に教えてくれたのだろうか。

ただ、かっこうよく自分が小悪党《こあくとう》を縄《なわ》にかけるところを小桜《こざくら》に見せたいだけだろうか？

そんなことはないだろう。

仁王《におう》の雷蔵《らいぞう》は近江屋《おうみや》がただの薬種問屋《やくしゅどんや》でないことに気づいているようなふしがあるのだ。

近江屋《おうみや》の者たちがみな、江戸城御庭役《えどじょうおにわやく》だということも知っているのかもしれない。

はじめて小桜《こざくら》が仁王《におう》の雷蔵《らいぞう》に会ったとき、小桜《こざくら》は丁稚《でっち》のかっこうをしていた。そして、次に会ったとき、そのときは絣《かすり》の小袖《こそで》を着て、しかも髪型《かみがた》もおかっぱにしていたのに、雷《らい》蔵《ぞう》はすぐに同じ者だと見やぶった。だから、雷蔵《らいぞう》の前では、丁稚《でっち》のかっこうをしていて、女言葉を使っても、今さらどうということはない。

それはともかく、雷蔵《らいぞう》は、押上村《おしあげむら》で起こるかもしれない付け火が、ただの小悪党《こあくとう》の悪事ではなく、その裏《うら》に、もっと大きなたくらみがひそんでいるのではと思っているのかもしれない。

そのたくらみに、たとえば、どこかの外様大名《とざまだいみょう》がかかわっていれば、それは近江屋《おうみや》の、いや、橘北家《たちばなほっけ》の仕事の領分《りょうぶん》になる。それで、雷蔵《らいぞう》親分は、小悪党《こあくとう》をつかまえるようすを自《じ》慢《まん》げに見せるというふうをよそおって、念のために、佐久次《さくじ》にようすを見させるために、付け火の話をしにきて、ついでに、小桜《こざくら》にも場所を教えたのではないだろうか。

小桜《こざくら》ひとりを押上村《おしあげむら》に行かせるわけにはいかないと、佐久次《さくじ》がそう思うことは、雷蔵《らいぞう》親分にも、かんたんに想像《そうぞう》がつく。

そういうわけで、まだ空が明るいうちに、小さな荷物を背負《せお》った丁稚《でっち》姿《すがた》の小桜《こざくら》は、近江《おうみ》屋番頭《やばんとう》佐久次《さくじ》といっしょに、店を出たのだった。

ところが、ふたりが出ていくとすぐ、近江屋《おうみや》の庭からそっと外に出ていくもうひとつの姿《すがた》があった。

それは人ではなく、狼《おおかみ》によく似《に》た西洋犬だった。

忍《しの》びの者を忍者《にんじゃ》というなら、忍《しの》びの犬は忍犬《にんけん》と呼《よ》ぶべきだろうか。

もし、そういう呼《よ》びかたがあるとすれば、それは橘北家《たちばなほっけ》唯一《ゆいいつ》の忍犬《にんけん》、半守《はんす》であった。

二段✿いなか芝居《しばい》

江戸《えど》とはいっても、業平橋《なりひらばし》をわたったあたりからは、どっと風景もいなかじみ、しばらく歩けば、あとは田畑《たはた》と百姓家《ひゃくしょうや》ばかりだ。

野良《のら》仕事に使う荷車が通るのがやっとという細い道を行くと、右手に大きな百姓屋敷《ひゃくしょうやしき》が見えてくる。

わらぶき屋根が夕日を反射《はんしゃ》し、まるで黄金造《こがねづく》りのように見える。

小さな地蔵堂《じぞうどう》の前までくると、佐久次《さくじ》は立ちどまり、さきのほうに見えるその百姓屋敷《ひゃくしょうやしき》を指さして言った。

「あれが名主《なぬし》の惣兵衛《そうべえ》の家です。」

「佐久次《さくじ》はいろいろなことを知ってるな。こっちのほうまで、よくくるのか？ 大名屋敷《だいみょうやしき》だけじゃなくて、百姓《ひゃくしょう》の家まで知ってるなんて。」

小桜《こざくら》は丁稚姿《でっちすがた》なので、男言葉を使っているが、丁稚《でっち》が番頭《ばんとう》にむかっていう言葉づかいではない。

「べつにこなくたって、ちょっとしらべればわかります。」

と言ってから、佐久次《さくじ》は、庄屋《しょうや》の屋敷《やしき》と、そのとなりの小さな墓地《ぼち》のほうを見た。

屋敷《やしき》と墓地《ぼち》は、風よけの林でしきられている。

「姫《ひめ》。惣兵衛《そうべえ》の屋敷《やしき》の右手に、小さな墓地《ぼち》があるのがわかりますか？」

「あれは、惣兵衛《そうべえ》の家の墓地《ぼち》かな。」

小桜《こざくら》がそう言うと、佐久次《さくじ》は、

「そうでしょうね。墓地《ぼち》にひとり。」

とつぶやいてから、言った。

「今度は、屋敷《やしき》と墓地《ぼち》とのさかいの林をごらんなさい。」

小桜《こざくら》は風よけの林に目をやったが、とくにかわったことはない。

「高い木がならんでいるだけじゃないか。」

「いえ。まん中の木の下です。人がひとり、幹《みき》にへばりついているでしょう。」

そう言われれば、幹《みき》がふくらんでいるように見える木がある。

「あれ、人かな。木のこぶじゃないか。」

と小桜《こざくら》が言っているうちに、そのこぶがもぞもぞと動きだした。

佐久次《さくじ》がひとりごとのように、

「墓地《ぼち》にひとり、木にひとり。もうひとり、いるはずだが……。」

と言って、すぐそばの地蔵堂《じぞうどう》に目をやった。

すると、そのとき、その地蔵堂《じぞうどう》の陰《かげ》から、だれかがにゅっと顔を出した。

とっさに、小桜《こざくら》は丁稚《でっち》の前かけのすきまから、ふところに手を入れた。

そこには、さらしにくるまれた手裏剣《しゅりけん》が入っている。

だが、

「たしかにもうひとりいるんですが、あっしじゃありませんぜ。」

と言って、地蔵堂《じぞうどう》の陰《かげ》から出てきた者を見れば、それは仁王《におう》の雷蔵《らいぞう》だった。

雷蔵《らいぞう》は庄屋屋敷《しょうややしき》のほうをまず見て、

「何日か前から、このあたりに、狐《きつね》の面《めん》の祈禱師《きとうし》があらわれて、百姓《ひゃくしょう》をおどして、札《ふだ》を売りつけてるんですよ。だけど、惣兵衛《そうべえ》は気丈《きじょう》な男で、祈禱師《きとうし》が何を言おうが、いっさいとりあわず、逆《ぎゃく》に奉行所《ぶぎょうしょ》に知らせたんです。それで、きのうから見張《みは》ってましたらね。きょうの昼ごろ、動きが出たってことです。あやしい三人組がうろうろしだし、ひとりは、今は風よけの林。それから、もうひとりは墓地《ぼち》です。」

と言い、それから佐久次《さくじ》を見て、言葉をつづけた。

「だけど、これはやっぱり近江屋《おうみや》さんがかかわるような付け火じゃなくて、奉行所《ぶぎょうしょ》の仕事でしたね。いや、お奉行様《ぶぎょうさま》や与力様《よりきさま》が出るほどでもない。同心《どうしん》いらずで、岡《おか》っ引《ぴ》きで十分《じゅうぶん》ってやつでね。でも、せっかくおいでいただいたんですから、いなか芝居《しばい》をごらんになっていってくだせえ。」

「それで、もうひとりって、どこにいるの?」

小桜《こざくら》がきくと、雷蔵《らいぞう》は、

「この裏《うら》です。」

と言って、地蔵堂《じぞうどう》を見た。

ひとまずふところの手裏剣《しゅりけん》から手をはなし、小桜《こざくら》はそっと道ばたの地蔵堂《じぞうどう》の裏《うら》にまわった。

手足をしばられ、さるぐつわをされた山伏姿《やまぶしすがた》の男がひとり、だらしなく横になっている。ずりあがった狐《きつね》の面の下、目のまわりにあざができ、赤く顔がふくれている。口のまわりとあごがよごれている。食べたものをはいたのだろう。かなりいためつけられたのがわかる。

小桜《こざくら》が道にもどると、雷蔵《らいぞう》が言った。

「名前から、生まれから、何から何まで、すっかりしゃべりましたよ。しめあげて、はかせたんですがね。あ、これ、しゃれじゃありませんよ。」

「何者なの？」

小桜《こざくら》の問いに、雷蔵《らいぞう》は答えた。

「船橋村《ふなばしむら》の食いつめ漁師《りょうし》のようですね。仲間はあとふたり。それが墓場《はかば》にいるやつと、木の下にいるやつです。だけど、山伏姿《やまぶしすがた》はあいつだけです。船橋村《ふなばしむら》に、お札《ふだ》を売りにきた行者《ぎょうじゃ》がいたようで、それを見て、思いついたようです。それで、仲間三人で江戸《えど》に出てきて、札《ふだ》を買わないと、たたりがあるだの、ばちがあたるなどと言って、百姓《ひゃくしょう》をだまし、金をふんだくっていたってことで。まあ、それだけなら、そんな大きな罪《つみ》にはならないんですが、

たたりのふりで、付け火をしちゃあねえ……。」

それから雷蔵《らいぞう》は、

「地蔵堂《じぞうどう》の裏《うら》の林をぬけていくと、墓場《はかば》からも風よけの木からも、こっちが見えません。そこを通って、惣兵衛《そうべえ》の屋敷《やしき》にまいりやしょう。」

と言って、さきに歩きだした。

細い道を雷蔵《らいぞう》とならんで歩きながら、佐久次《さくじ》がたずねた。

「親分。それで、子分は何人つれてきたんです?」

雷蔵《らいぞう》が答えた。

「五人ぜんぶで。」

「親分のとこの身内はみんな腕《うで》っこきぞろいだから、捕《と》り物《もの》は、あっというまでしょうね。」

「まあ、はじまって、十数えるうちに、ふたりともふんづかまえてやりますよ。どういう段取《だんど》りで悪さをするのか、さっきのやつがぜんぶはきましたからね。あいつが最初に合図をして、いなか芝居《しばい》が始まるってことになってましてね。だから、あっしが、あいつのかわりに合図をしてやればいいんで。」

「どんな合図?」

うしろから小桜《こざくら》がそう言うと、雷蔵《らいぞう》はふりむいて答えた。

「そりゃあ、見ての、いや、聞いてのお楽しみってやつで。」

佐久次《さくじ》が横から雷蔵《らいぞう》に言った。

「ところで、親分。つかまると、三人はどうなりますかね。」

「たとえ、人は死んでなくとも、何度も付け火をしましたからねえ。付け火は大罪《だいざい》だ。どうなるかは、お奉行様《ぶぎょうさま》しだいですがね。まあねえ……。」

雷蔵《らいぞう》が言葉をにごらせると、佐久次《さくじ》は、

「まあ、そうだろうなあ。」

とつぶやいた。

「それって、死罪《しざい》ってこと?」

小桜《こざくら》の言葉に、雷蔵《らいぞう》も佐久次《さくじ》も、答えなかった。

惣兵衛《そうべえ》の屋敷《やしき》につくのとほとんど同時に、日が西に落ちた。

庄屋《しょうや》ともなると、百姓家《ひゃくしょうや》でも門がある。

門をくぐると、小桜《こざくら》が顔を知っている雷蔵《らいぞう》の子分がひとり、井戸《いど》のそばにひそんでいた。

小桜《こざくら》たちが中庭に入ってきたことに気づいた子分は、そっと近よってきて、雷蔵《らいぞう》にささやいた。

「家の者たちには、外に出るなと言ってありやす。準備万端《じゅんびばんたん》、ととのっておりやす。」

「そうか。」

とうなずいた雷蔵《らいぞう》がいきなり大声をはりあげた。

「うわーっ！　荒磯《あらいそ》に菊柄《きくがら》の振袖《ふりそで》が降《ふ》ってくるーっ！　火がついた振袖《ふりそで》が空から降《ふ》ってくるーっ！」

おもわず、小桜《こざくら》はその声につられ、空を見あげてしまった。

だが、火のついた振袖《ふりそで》が空から降《ふ》ってくるようすはまるでない。そのかわり、母屋《おもや》と納《な》屋《や》のあいだから、着物の尻《しり》をはしょった男がひとり、飛びだしてきた。

両手に竿《さお》を持ち、竿《さお》のさきに棒《ぼう》を横にはり、そこに浴衣《ゆかた》がかけてある。その浴衣《ゆかた》の裾《すそ》が燃《も》えている。荒磯《あらいそ》に菊柄《きくがら》の振袖《ふりそで》ではない。

男が出てくると同時に、納屋《なや》の裏《うら》に煙《けむり》があがった。

だが、それも一瞬《いっしゅん》で、すぐに煙《けむり》は消えた。

ドスン、ガスンと納屋《なや》の裏《うら》で音がしている。

燃《も》える浴衣《ゆかた》を竿《さお》にかけ、走ってきた男の足が止まった。

そこに、小桜《こざくら》たちがいるのがわかったからだろう。

佐久次《さくじ》と小桜《こざくら》はともかく、雷蔵《らいぞう》はだれが見ても岡《おか》っ引《ぴ》きだ。

雷蔵《らいぞう》が帯から十手《じって》を抜《ぬ》いた。

「船橋村《ふなばしむら》の加助《かすけ》。御用《ごよう》だ！ 神妙《しんみょう》にしやがれ！」

岡《おか》っ引《ぴ》きのこのせりふは、話には聞いたことがあっても、小桜《こざくら》はじっさいに聞くのは初めてだった。

竿《さお》を持った男は、岡《おか》っ引《ぴ》きが自分の名前を知っていたので、よほど驚《おどろ》いたのか、

「な、な、なにーっ！」

とわめくと、持っていた竿《さお》を突《つ》きたて、雷蔵《らいぞう》に突進《とっしん》してきた。

だが、腕《うで》ききの岡《おか》っ引《ぴ》きには歯がたたない。

男がつっこんできたところを、雷蔵《らいぞう》はさっと身をかわし、ふりむきざまに、脳天《のうてん》に一撃《いちげき》、十手《じって》をくらわした。

「ぎゃっ！」

叫《さけ》びとも、うめきともわからぬ声をあげ、男は竿《さお》を手ばなし、頭をおさえてうずくまった。

雷蔵《らいぞう》の子分がひとり、かけよってきて、たちまち男をしばりあげると、納屋《なや》の裏《うら》からも、縄《なわ》をかけられた男が前のめりになって、よろけ出てきた。

うしろ手にしばられ、雷蔵《らいぞう》の子分ふたりにうしろからこづかれたり、けられたりして、歩いてくる。

あとひとり、雷蔵《らいぞう》の子分がいるはずだ。

小桜《こざくら》がそう思ったとき、さっきの山伏姿《やまぶしすがた》の男が手をしばられたまま、よろよろと門から入ってきた。

もうひとりの雷蔵《らいぞう》の子分に、やはり、うしろからこづかれながら、こちらに歩いてくる。

雷蔵《らいぞう》が十手《じって》を腰《こし》の帯につっこんで、佐久次《さくじ》と小桜《こざくら》のそばにもどってきた。

「いなか芝居《しばい》はこれで幕《まく》です。火がついた浴衣《ゆかた》がふってくると言って、ひとりがさわぐ。するとそれを合図に、もうひとりが、竿《さお》につけた浴衣《ゆかた》に火をつけて走る。暗ければ、そいつの姿《すがた》は気づかれないかもしれないし、走っているところを見られても、降《ふ》ってくる振《ふり》袖《そで》から逃《に》げているように見える。こぎたない浴衣《ゆかた》だって、こういうときにゃあ荒磯《あらいそ》に菊柄《きくがら》の振袖《ふりそで》に見えちまうってことで。まあ、ひとりかふたりに見られて、火事のとき振袖《ふりそで》が飛んでいたって、そういうことになればいいわけでね。その騒《さわ》ぎの中で、あとひとりがどこかに火をつければいいってことです。ここじゃあ、それが納屋《なや》の裏《うら》ってことで。」

「そういう段取《だんど》りも、つかまえたにせ山伏《やまぶし》から聞きだしたのね。」

小桜《こざくら》がたずねると、雷蔵《らいぞう》は、

「とにかく、何から何まで聞きだしてあったってことで。」

と答えてから、佐久次《さくじ》に言った。

「あっしは庄屋様《しょうやさま》にご挨拶《あいさつ》してから、三人をしょっぴいて帰ります。」

浴衣《ゆかた》はまだ地面で燃《も》えている。

数えてはいなかったけれど、十数えるまえにかたがついたんじゃないだろうかと、小桜《こざくら》は思った。

「おつとめ、おつかれさまでした。」

佐久次《さくじ》は雷蔵《らいぞう》にそう言ってから、左手を肩《かた》まであげ、うしろにむけて、てのひらをたおした。

それは、うしろにひそんでいる仲間への引きあげの合図だ。

「だれかきてるの?」

小桜《こざくら》がきくと、佐久次《さくじ》は、

「半守《はんす》がね。万一のときと、それから、尾行《びこう》の稽古《けいこ》をかねて。」

と答えた。

今さらふりむいても、もう半守《はんす》は消えているだろうし、たとえ、まわりに敵《てき》がいなくても、そういうときに仲間がいるほうを見ないのが忍《しの》びのならわしだ。見てしまえば、そちらに仲間がいることを敵《てき》に教えることになる。

「ぜんぜん気づかなかった……。」

小桜《こざくら》がそう言って、小さなため息をつくと、佐久次《さくじ》が言った。

「庄屋《しょうや》が出てくるまえに、こっちも引きあげましょう。」

日が沈《しず》んだばかりで、まだ西の空はいくらか明るかった。

ひそんでいる味方に気づかないようでは、かくれている敵《てき》にも気づかないだろう。ちょっと修行《しゅぎょう》がたりないかな……。

小桜《こざくら》は自分でそう思った。

いなか道を歩きながら、小桜《こざくら》は佐久次《さくじ》にたずねた。

「ねえ、佐久次《さくじ》。さっき、墓地《ぼち》と木のほかに、もうひとりいるって、そう言ってたよね。地蔵堂《じぞうどう》のうしろに、だれかいるのがわかったの？」

佐久次《さくじ》は答えた。

「まあ、それもあります。ですが、地蔵堂《じぞうどう》の裏《うら》にいたのは、ふたりです。それは気配でわかりました。でも、もうひとりいるって言ったのは、そういうことだけじゃありません。」

「じゃあ、どういうこと？」

「どういうことって、たいしたことじゃありませんよ。だいたい、ああいう愚《ぐ》にもつかない悪さをするやつっていうのは、ひとりじゃ、やらないものなんです。ひとりだと、心細いんでしょう。それに、ひとりきりだと、やりにくいこともありますからね。そこで、ふたりでやろうってことになります。そうなると、そのうちのどちらかが、そうだ、あいつも仲間に入れようって、だれかをさそいたがるもんなんです。そのときの言いわけが昔からきまってましてね。」

「そうなの？　それで、その言いわけって？」

「三人寄《よ》れば文殊《もんじゅ》の知恵《ちえ》ってね。文殊菩薩《もんじゅぼさつ》があんなこと、やりますかね。」

佐久次《さくじ》はそう言って笑った。

小桜《こざくら》はふと、次郎兄《じろうあに》のことを思い出した。

次郎兄《じろうあに》はいつもひとりでおつとめに出る。たいていは西国《さいごく》だ。今度はいつ帰ってくるのだろう……。

小桜《こざくら》と佐久次《さくじ》が業平橋《なりひらばし》までもどってきて、橋をわたると、そば屋が出ていた。

「姫《ひめ》。そば、食べていきましょうか。」

佐久次《さくじ》の言葉に、小桜《こざくら》はうなずいた。

ふたりに気づいたそば屋が言った。

「へ、らっしゃい！　なんになさいます？」

白い湯気といっしょに、かつおの出汁《だし》のかおりがただよってきた。

三段 ✿ 妙《みょう》なこと

江戸城内《えどじょうない》の橘北家《たちばなほっけ》からは、一日に一度は近江屋《おうみや》にだれかがやってくる。頭領《とうりょう》の十郎左《じゅうろうざ》からの指令や、城内《じょうない》の外様大名《とざまだいみょう》の動きを知らせにくるのだ。

また、近江屋《おうみや》からも、忍《しの》びたちが市中で集めた情報《じょうほう》をだれかが十郎左《じゅうろうざ》のところに持っていく。

もちろん、そのほかにも、緊急《きんきゅう》の用件《ようけん》があれば、橘北家《たちばなほっけ》の屋敷《やしき》からだれかがそれを伝えにくるし、また、近江屋《おうみや》のほうから使いを出すこともある。

十郎左《じゅうろうざ》の指示《しじ》もなく、とりたてて外様大名《とざまだいみょう》の動きがないときでも、かならず一日に一度は、城内《じょうない》の屋敷《やしき》から近江屋《おうみや》に使いがくる。用があろうがなかろうが、また、異常《いじょう》があろうがなかろうが、使いはかならずくるのだ。

これをつなぎと言う。

だから、小桜《こざくら》が何日近江屋《おうみや》にとどまっていても、父や母はいらぬ心配をしないですむ。そうはいっても、そう長いあいだ、城内《じょうない》の屋敷《やしき》に帰らなければ、三郎兄《さぶろうあに》と術《じゅつ》の稽古《けいこ》もできない。

あとをつけられていることに気づく稽古《けいこ》もしたい。

また、釜屋《かまや》の親父《おやじ》、と言っても、それも忍《しの》びのひとりだが、その釜屋《かまや》の親父《おやじ》が作る飯はけっしてまずくはないにしても、母親が作ったものを食べたくなることもある。

そんなわけで、押上村《おしあげむら》に行った日の翌日《よくじつ》、昼餉《ひるげ》のあとに、小桜《こざくら》が城内《じょうない》の屋敷《やしき》に帰るために、丁稚《でっち》のかっこうで近江屋《おうみや》を出ようとしたところ、仁王《におう》の雷蔵《らいぞう》が入ってきた。

「おや、お出かけですか？」

と声をかけられ、小桜《こざくら》は、

「いえ……。」

とあいまいに答えた。すると、雷蔵《らいぞう》は店の奥《おく》をのぞき、主人と番頭《ばんとう》しかいないのを確《たし》かめてから、

「旦那《だんな》さん。番頭《ばんとう》さんをちょっとお借りしたいんですが……。」

と一郎兄《いちろうあに》に声をかけた。
帳簿《ちょうぼ》から顔をあげ、一郎兄《いちろうあに》が答えた。
「かまいませんよ。」
佐久次《さくじ》が主人、つまり一郎兄《いちろうあに》の顔を見ると、一郎兄《いちろうあに》は小さくうなずいた。
行ってこいという意味だ。
佐久次《さくじ》が立ちあがると、雷蔵《らいぞう》は店を出た。
もちろん、小桜《こざくら》も外に出る。
佐久次《さくじ》は出ると、となりの釜屋《かまや》に入った。
雷蔵《らいぞう》がそれにつづく。
小桜《こざくら》もついていく。
雷蔵《らいぞう》と佐久次《さくじ》が奥《おく》の小座敷《こざしき》にあがる。
小桜《こざくら》は近くのまるい腰《こし》かけに腰《こし》をおろした。
「ごっそうさん。」
飯を食べおわった大工が卓《たく》に銭《ぜに》をおいて出ていくと、客はいなくなった。

「親分。きのうの下手人《げしゅにん》は奉行所《ぶぎょうしょ》に？」

佐久次《さくじ》がそう言うと、雷蔵《らいぞう》は、

「あれからすぐ、つれていったんですが、それが妙《みょう》なことになっちまって……。」

と言って、腕《うで》をくんだ。

「まさか、お奉行様《ぶぎょうさま》から、ご褒美《ほうび》がもらえなかったとか、そんなことじゃないでしょう？」

佐久次《さくじ》の言葉に、雷蔵《らいぞう》はくんでいた腕《うで》をほどき、手を卓《たく》の上においた。

「まだいただいておりやせんが、それはいずれ、いただけるでしょう。妙《みょう》なことというのは、そういうことじゃなくて……。」

と言って、雷蔵《らいぞう》が話したのは、こういうことだった。

あれから雷蔵《らいぞう》は五人の子分といっしょに、三人の下手人《げしゅにん》を引ったてて、庄屋《しょうや》の屋敷《やしき》を出た。

提灯《ちょうちん》を持った雷蔵《らいぞう》の子分が先頭を行き、すぐうしろを雷蔵《らいぞう》が、そのうしろを子分がひとり、そして、そのうしろを三人の下手人《げしゅにん》、さらにそのあとを雷蔵《らいぞう》の三人の子分がならんで歩いていったのだが、まもなく業平橋《なりひらばし》というあたりまでくると、ひゅっと風がふき、下手人《げしゅにん》をしばっていた縄《なわ》がはらはらと地面に落ちた。

それに気づいた子分がうしろで声をあげた。

「親分！　縄《なわ》が！」

雷蔵《らいぞう》がふりむくと、三人の下手人《げしゅにん》が立ちどまり、足もとに縄《なわ》が落ちているではないか。

なぜ縄《なわ》がほどけたか、それはわからないが、とにかく、下手人《げしゅにん》を逃《に》がしてはならない。

雷蔵《らいぞう》はとっさに腰《こし》から十手《じって》を抜《ぬ》いて、一番前にいた山伏姿《やまぶしすがた》の下手人《げしゅにん》にむけた。

だが、山伏姿《やまぶしすがた》の男も、あとのふたりも、ぼうっと立っているだけで、逃《に》げるようすがない。

雷蔵《らいぞう》は子分たちに、

「何をぼうっとしていやがる。さっさと縄《なわ》を！」

と命じたが、そのとき、三人の下手人《げしゅにん》がいっせいに両手をあげた。

「なんだ、きさまら！　神妙《しんみょう》にしろ！」

雷蔵《らいぞう》は左手で羽織《はおり》の右の袖《そで》をあげ、右手の十手《じって》をぐっと突《つ》きだした。

だが、山伏姿《やまぶしすがた》の男はそれをよけようとするでもなく、下から棚《たな》をおさえているようなかっこうで、両手をあげっぱなしにしている。

どこかから三味線《しゃみせん》の音が聞こえたような気がした。すると、とつぜん、山伏姿《やまぶしすがた》の男が両手の指を大きく開き、手首を右に左に、くるくると動かしながら、腕《うで》をあげたりおろしたり、それに合わせて、左右のひざを交互《こうご》にあげたり、おろしたりしはじめた。

つまり、おどりはじめたのだ。

山伏姿《やまぶしすがた》の男がおどりはじめると、あとのふたりも同じようにおどりだした。

最初はその場でくるくるまわったりして、前には進まなかったのが、そのうち、三人はおどりながら、歩きだした。

三人は逃《に》げるようすもなく、おどりながら、業平橋《なりひらばし》をわたり、自分からすすんで奉行所《ぶぎょうしょ》にむかっていった。

もちろん、日が暮《く》れたとはいえ、まだ宵《よい》のうちだ。業平橋《なりひらばし》をわたれば、人通りも多くなる。

通行人たちはみな、めずらしそうに三人と、それから岡《おか》っ引《ぴ》きたちをながめていく。

それで、そのまま三人はすすんで奉行所《ぶぎょうしょ》に入り、そのあとも奉行所《ぶぎょうしょ》の中庭でおどりつづけた。

ともあれ、雷蔵《らいぞう》はことの顚末《てんまつ》を顔見知りの同心《どうしん》に話し、三人を引きわたして帰ってきたのだが、けさ、近江屋《おうみや》にくるまえに、奉行所《ぶぎょうしょ》によってみると、きのうの同心《どうしん》が雷蔵《らいぞう》を牢《ろう》につれていき、三人のようすを見せた。

牢内《ろうない》で三人は前夜と同じようにおどっていた。

「牢番《ろうばん》が言うには、夜どおし、ああしていたということだ。」

同心《どうしん》は雷蔵《らいぞう》にそう言ったという。

話し終わると、雷蔵《らいぞう》は佐久次《さくじ》の顔をのぞきこむようにして言った。

「それがね。押上村《おしあげむら》から奉行所《ぶぎょうしょ》まで、ただおどりつづけていただけじゃなくて、顔がね、えへらえへら、笑っていやがったんですよ。けさ見たときも、そうでした。で、うかがいたいのは、つまり、人にそういうことをさせる薬って、あるもんでしょうかってことで。」

佐久次《さくじ》は表情《ひょうじょう》をかえずに言った。

「そういう薬があるとしたら、なんですか、親分さん。親分さんに気づかれないようにして、わたしが三人にそういう薬を飲ませるなり、かがせるなりしたとでも？」

「いや、そうはもうしてませんよ。もうしてはいませんが、もし、そういう薬があって、まわりの者に気づかれないようにして、その薬をだれかに飲ませるなり、また、鼻からかがせるなり、どこかにぬるなり、そういうことは、番頭《ばんとう》さんなら、おできになるんじゃあってね。」

「それじゃあ、親分。やっぱり、わたしを疑《うたが》っているんじゃありませんか。」

「いや、疑《うたが》っているわけじゃあ……って言っても、そうは聞こえませんよね。ようござんす。はい、疑《うたが》ってます。」

雷蔵《らいぞう》がそう言うと、佐久次《さくじ》は、ふっと笑って、

「まったく……。」

とつぶやいてから、言った。

「まあ、広い世の中には、そういう薬があるにはあるでしょうがね。かりに、そういう薬がうちにもあるとして、なんのために、それをあそこで使う必要があるんです？　あんな、けちな火付けあいてに？」

「そりゃあ、そうです。だから、わからなくなるんで……。」

と言って、雷蔵《らいぞう》はふたたび腕《うで》をくんだ。

佐久次《さくじ》が言った。

「とにかく、親分。わたしはどんな手出しもしていません。」

すると、雷蔵《らいぞう》は小桜《こざくら》の顔を見た。

小桜《こざくら》が、

「わたしも。」

と言うと、雷蔵《らいぞう》は、

「……ですよねえ。」

と言って、天井《てんじょう》を見あげた。

佐久次《さくじ》が雷蔵《らいぞう》にたずねた。

「それで、お取りしらべはどうなるんでしょう。」

「それですよ、問題は。番頭《ばんとう》さん。」

雷蔵《らいぞう》は天井《てんじょう》から佐久次《さくじ》の顔に視線《しせん》をもどした。そして、言った。

「あれでは、まるで狂人《きょうじん》ですからね。おどりをやめないかぎり、お取りしらべはできやせん。それどころか、牢内《ろうない》で死ぬまで、笑いながらおどりつづけるなんてことにならないともかぎりやせんよ、あのようすじゃあ。」

それから、雷蔵《らいぞう》は佐久次《さくじ》に、

「いや、失礼もうしあげて、すみません。」

と言って、立ちあがり、小桜《こざくら》に、

「お嬢《じょう》さん。近くにきたら、うちにもよってくだせえよ。だけど、いらしてくれるなら、丁稚《でっち》のかっこうじゃなくて、できれは、女の子のかっこうのほうがね。そうすりゃあ、うちに花が咲《さ》くってもんで。たとえば振袖《ふりそで》なんか……。」

と言い、

「いや、こういう事件《じけん》があっちゃあ、振袖《ふりそで》ってのは、いかにもまずいですかね。」

と言いたして、笑いながら釜屋《かまや》を出ていった。

小桜《こざくら》と佐久次《さくじ》が近江屋《おうみや》にもどると、あいかわらず店に客はおらず、帳場《ちょうば》に一郎兄《いちろうあに》がすわっているほか、手代《てだい》がひとり、薬簞笥《くすりだんす》の前で仕事をしていた。

佐久次《さくじ》は店にあがり、雷蔵《らいぞう》から聞いたことを一郎兄《いちろうあに》に話した。

話を聞き終わると、一郎兄《いちろうあに》は佐久次《さくじ》にたずねた。

「そういえば、おまえ。きのう雷蔵《らいぞう》親分がきたあと、どこかに行ったようだが、あれはどこだったんだ？」

「はい。木挽町《こびきちょう》にちょっと……。」

「木挽町《こびきちょう》というと、歌舞伎《かぶき》だな。おまえがひいきにしている市川桜花《いちかわおうか》か？」

「へえ、さようで。」

と答えてから、佐久次《さくじ》は言った。

「じつは、まえから桜花《おうか》に、狐《きつね》にかかわるおもしろい話があったら、教えてくれって、そうたのまれてまして。今度のことは、狐《きつね》がらみでしたしね。それに、べつにわれらのおつとめとは、かかわりがあるようには思えませんでしたし、歌舞伎《かぶき》役者と懇意《こんい》にしていれば、こちらが聞きたいこともいろいろと……。」

「そうかい。そりゃあ、おまえの考えでするんだから、かまわないがね。」

一郎兄《いちろうあに》がそう言うと、ぎゃくに佐久次《さくじ》がたずねた。

「どうして、そんなことをおたずねになるんです？」

一郎兄《いちろうあに》は笑って言った。

「おまえがうちの薬を使ったんじゃなければ、そんなことができるのは、よその忍《しの》びか、さもなければ、あの女形《おやま》さ。忍《しの》びがその三人の口封《くちふう》じをしなけりゃならないわけがあったとしても、ひと晩《ばん》中おどらせるなんて、そんな悠長《ゆうちょう》なことはしないだろう。なんて言うか、そりゃあ、悠長《ゆうちょう》を通りこして、酔狂《すいきょう》ってもんだ。そんな酔狂《すいきょう》なことをするやつは、この江戸《えど》には、あの桜花《おうか》しかいない。三味線《しゃみせん》の音がしたって言うし、芝居《しばい》がかってるじゃないか。」

たしかに、一郎兄《いちろうあに》が言うとおりだと、小桜《こざくら》は思った。

前に一度、紀之国坂《きのくにざか》に出るのっぺらぼうを退治《たいじ》しようと、小桜《こざくら》が夜に出かけていったことがある。のっぺらぼうの正体は女で、しかも、小桜《こざくら》はその女にまるでかなわず、退治《たいじ》どころか、ぎゃくにこっちが退治《たいじ》されるようなことになったのだ。あとで、その女が歌舞伎《かぶき》の女形《おやま》で、だから、女ではないということがわかったのだが、紀之国坂《きのくにざか》では、小桜《こざくら》は桜花《おうか》に、指一本さわられていないのに、金縛《かなしば》りのように、体を動けなくされてしまったのだ。

小桜《こざくら》はそのことを城内《じょうない》の屋敷《やしき》で三郎兄《さぶろうあに》に話したし、一郎兄《いちろうあに》も知っている。だから、佐久《さく》次《じ》だって聞いているはずだ。

「だけど、桜花《おうか》がそんなことをしますかね?」

佐久次《さくじ》がそう言うと、一郎兄《いちろうあに》は真顔で答えた。

「だって、おまえ。狐《きつね》のことでおもしろい話をおまえが桜花《おうか》にしにいったら、その日の夕《ゆう》刻《こく》にっていうんじゃあ、桜花《おうか》にかかわりがないと思うほうがおかしい。」

「そうかもしれませんが、なんだって、また、桜花《おうか》がそんなことをするんです?」

「そりゃあ、そうだろう。おまえ、そこいらの小悪党《こあくとう》が忍《しの》びのふりをして、悪さをしていたら、こらしめてやろうって、そう思わないか?」

「べつに、わたしは思いませんが。かりに思うとしても、ひと晩《ばん》中、おどらせるなんて……。」

「狐《きつね》は、そういう酔狂《すいきょう》なことが好きなんだ。やっぱり、桜花《おうか》は人じゃないな。ありゃあ、狐《きつね》にきまってる。」

小桜《こざくら》は一郎兄《いちろうあに》の顔をしみじみと見たが、とても冗談《じょうだん》を言っているふうではなかった。

四段 ✿ 術《じゅつ》談《だん》義《ぎ》

小桜《こざくら》は江戸城内《えどじょうない》の橘北家《たちばなほっけ》の屋敷《やしき》に帰り、半月ほどすごした。

近江屋《おうみや》からのつなぎがくる時刻《じこく》はきまっていない。それは、城内《じょうない》から屋敷《やしき》に行くつなぎも同じだ。

江戸城内《えどじょうない》はともかく、市中に出れば、どこにだれがいるかわからない。

幕府《ばくふ》は幕府《ばくふ》で、外様大名《とざまだいみょう》の動きに目を光らせるが、外様大名《とざまだいみょう》たちのほうでも、幕府《ばくふ》の動きをさぐろうとする。

毎日同じ時刻《じこく》に同じことをすれば尾行《びこう》されやすい。だから、つなぎは毎日、時刻《じこく》と通る道をかえるのがふつうだ。

近江屋《おうみや》からのつなぎは、店の手代《てだい》のだれかがくる。ときどき、忍犬《にんけん》の半守《はんす》がくることもある。油紙《あぶらがみ》につつまれた書状《しょじょう》を口にふくんでくる。御庭役《おにわやく》の者たちは、江戸城《えどじょう》の出入りに平川門《ひらかわもん》を使うが、半守《はんす》は堀《ほり》を泳いでくる。だから、橘北家《たちばなほっけ》の屋敷《やしき》にきたときは、体がぬれている。

生類憐《しょうるいあわ》れみの令《れい》のおかげで、犬が道を歩いても、石を投げられたり、棒《ぼう》で追いまわされることはない。もっとも、そんなことがあっても、半守《はんす》は適当《てきとう》にかわしてくるだろうが。

そのようにして、屋敷《やしき》と近江屋《おうみや》のあいだのつなぎの往復《おうふく》はあったが、押上村《おしあげむら》の事件《じけん》のあと、城内《じょうない》でも、江戸市中《えどしちゅう》でも、とりたててかわったことは起こらず、小桜《こざくら》は三郎兄《さぶろうあに》や、手のあいている忍《しの》びあいてに、術《じゅつ》の稽古《けいこ》をする毎日だった。

季節は夏至《げし》がすぎたばかりで、外にいると、立っているだけでも、ふつふつと額《ひたい》に汗《あせ》が浮《う》いてくる。

昼餉《ひるげ》のあとの稽古《けいこ》が終わって、小桜《こざくら》と三郎兄《さぶろうあに》が屋敷《やしき》の縁側《えんがわ》で汗《あせ》をふいていると、庭の垣《かき》根《ね》ごしに、酒井左衛門尉忠真《さかいさえもんのじょうただまさ》の姿《すがた》が見えた。

酒井左衛門尉《さかいさえもんのじょう》は出羽庄内藩《でわしょうないはん》十四万石《ごく》、徳川譜代《とくがわふだい》の大名《だいみょう》であり、幕閣《ばっかく》につらなっている。将軍《しょうぐん》の側近の中でも、とりわけ信頼《しんらい》が厚《あつ》い。

江戸城御庭役《えどじょうおにわやく》は将軍直属《しょうぐんちょくぞく》とはいえ、何かのたびに、将軍《しょうぐん》が自分で用を御庭役《おにわやく》に言いつけ

るわけではない。将軍《しょうぐん》のかわりに、また、将軍《しょうぐん》の意をくんで、酒井左衛門尉《さかいさえもんのじょう》がくる。年は四十ほどだが、じっさいの年齢《ねんれい》より若《わか》く見えるのは、細身《ほそみ》の体のせいだろうか。

この左衛門尉《さえもんのじょう》は、三郎兄《さぶろうあに》のことがお気に入りで、私用《しよう》で江戸《えど》の町に出るとき、三郎兄《さぶろうあに》を護衛《ごえい》につれていくことがある。

庭の木戸《きど》を開けて酒井左衛門尉《さかいさえもんのじょう》が庭に入ってくる。三郎兄《さぶろうあに》がすぐに庭におり、立膝《たてひざ》をついて出むかえた。

もちろん、小桜《こざくら》もそれにならう。

ここでもし、左衛門尉《さえもんのじょう》が、

「おお、小桜《こざくら》か。きょうは屋敷《やしき》にいるのか。」

と言うと、そのあと、

「三郎《さぶろう》。したくをせい。」

となる。

「小桜《こざくら》。したくをせい。」

にはならない。

三郎兄《さぶろうあに》も三郎兄《さぶろうあに》で、さそわれると、うれしげにしたくをはじめる。

だが、その日は、左衛門尉《さえもんのじょう》はそうは言わず、

「十郎左《じゅうろうざ》はいるか。」

と言って、返事も待たず、縁側《えんがわ》から屋敷《やしき》に入っていった。

十郎左《じゅうろうざ》はふたりの父親で、橘北家《たちばなほっけ》の頭領《とうりょう》だ。

庭で立膝《たてひざ》をついたまま、小桜《こざくら》と三郎兄《さぶろうあに》は左衛門尉《さえもんのじょう》のうしろ姿《すがた》を見ていたが、左衛門尉《さえもんのじょう》が奥座敷《おくざしき》に姿《すがた》を消すと、立ちあがった。

三郎兄《さぶろうあに》が、

「これは何かあるな。」

とつぶやいて、くつぬぎの石に脱《ぬ》ぎすてられた左衛門尉《さえもんのじょう》のぞうりをそろえた。

しばらくすると、左衛門尉《さえもんのじょう》が十郎左《じゅうろうざ》をしたがえて、奥座敷《おくざしき》から出てきて、庭におりた。

三郎兄《さぶろうあに》が送ろうとすると、左衛門尉《さえもんのじょう》は、

「ここでよい。」

と言って、ひとりで木戸《きど》から出ていった。

庭で左衛門尉《さえもんのじょう》を見送っていた十郎左《じゅうろうざ》が三郎兄《さぶろうあに》に言った。

「奥《おく》にこい。」

これはおつとめだと直感したのだろう。三郎兄《さぶろうあに》は、

「はっ。頭領《とうりょう》。」

と答え、十郎左《じゅうろうざ》について、座敷《ざしき》にあがった。

これが、おつとめではなく、たとえば、碁《ご》でもさそうと呼《よ》ばれたのであれば、三郎兄《さぶろうあに》は
そういう答えかたはしない。

「はい。父上。」

と言う。

三郎兄《さぶろうあに》にかぎらず、橘北家《たちばなほっけ》の者たちは、時と場合によって、言葉を使いわける。

それは、目上の者にたいして敬語《けいご》を使うとか、そのようなあたりまえのことではない。

同じあいてでも、状況《じょうきょう》によって、言葉をかえるのだ。

また、兄《あに》ということでは、一郎兄《いちろうあに》も三郎兄《さぶろうあに》も同じはずだが、小桜《こざくら》はあいてとふたりだけ
のときに、言葉づかいをかえている。

一郎兄《いちろうあに》は、衣装《いしょう》も言葉も、小桜《こざくら》が女のものにしているのを好み、三郎兄《さぶろうあに》は男っぽいほうが好きなのだ。

だから、小桜《こざくら》は近江屋《おうみや》にいるとき、店の手伝《てつだ》いは丁稚《でっち》のかっこうでするが、そうでないときは、女ものの着物を着るようにしている。城内《じょうない》の屋敷《やしき》では、稽古《けいこ》のときは忍《しの》び衣装《いしょう》、それ以外では、庭師《にわし》の作務衣《さむえ》でいることが多い。

小桜《こざくら》がひとりで、庭の草むしりをしていると、半時ほどして、三郎兄《さぶろうあに》は何もなかったような顔で出てきて、だまって、小桜《こざくら》の草むしりを手伝《てつだ》った。

父親、いや、頭領《とうりょう》に何を言われたかは話さない。

小桜《こざくら》のほうでも、たずねない。

草むしりが終わると、縁側《えんがわ》にすわって、なんとなく三郎兄《さぶろうあに》が言った。

「尾行《びこう》に気づくこつを知っているか。」

小桜《こざくら》が答える。

「いつもうしろに、気をくばるとかか？」

「まあ、そうだ。だが、それは行いであって、心がまえではない。」

「心がまえ?」

「そうだ。いつでも、だれかにあとをつけられていると思うことだ。だれにも、尾行《びこう》されていないときはないと思うのだ。たとえば、なにげにふりむいて、あとをつけてくるものはいないだろうかと疑《うたが》うのではなく、あとをつけてくる者がいるとしたら、それはだれだろう、と思うのだ。要はさがしものと同じだ。さがしものをするときは、たとえば、書状《しょじょう》が部屋《へや》にかくされているとすると、この部屋《へや》に書状《しょじょう》があるだろうか、ではなく、かならずここにあると思ってさがすのだ。そのほうが見つけやすい。」

「そうか。さがしものを見つけるのも、尾行《びこう》に気づくのも、同じことというわけだな。」

小桜《こざくら》は納得《なっとく》はしたが、それが自分にできるかどうか、あやしいと思った。

たとえば、日本橋《にほんばし》から京橋《きょうばし》につづく大通りを歩いているとき、かならず、だれかがついてきていると気をつけるより、どの店にどんなかんざしが入ったかのほうに、目がいってしまうにきまっているからだ。

そんな術談義《じゅつだんぎ》を三郎兄《さぶろうあに》としているうちに、城《しろ》のお堀《ほり》ごしに、夕七《ゆうなな》つの鐘《かね》が聞こえてきた。

日暮《ひぐれ》にはまだ時間がある。

「水をあびてくる。」

三郎兄《さぶろうあに》はそう言って、井戸端《いどばた》にむかった。

屋敷《やしき》にいる忍《しの》びたちとは別に、夕餉《ゆうげ》は父母と三郎兄《さぶろうあに》と四人で食べる。

夕餉《ゆうげ》のあと、ふと気づくと、三郎兄《さぶろうあに》の姿《すがた》はなかった。

五段 ✿ 三郎兄《さぶろうあに》のゆくえ

父の十郎左《じゅうろうざ》は、三郎兄《さぶろうあに》の行先についても、また、おつとめの内容《ないよう》についても、何も小桜《こざくら》に言わなかった。

母も、三郎兄《さぶろうあに》の話をまったくしない。

江戸城内《えどじょうない》の橘北家《たちばなほっけ》の屋敷《やしき》は、まるで、三郎兄《さぶろうあに》など最初からいなかったかのように時がすぎていった。

そのようにして十日ほどたったある晴れた日、朝餉《あさげ》のあとで、十郎左《じゅうろうざ》が小桜《こざくら》に言った。

「日本橋《にほんばし》へのつなぎは、きょうはおまえが行け。とくに何もないと、一郎《いちろう》に伝えよ。」

三郎兄《さぶろうあに》もいないし、たいくつなので、何か理由をつけて一郎兄《いちろうあに》のところに行こうと思っていたやさきだったので、小桜《こざくら》にしてみれば、渡《わた》りに舟《ふね》だった。

もちろん、つなぎのときには、忍《しの》びの装束《しょうぞく》はつけない。目立たない町人のかっこうで行く。

小桜《こざくら》の場合、丁稚《でっち》のかっこうでも、町娘《まちむすめ》の着物でも、どちらでもいい。女のかっこうをしているといやがる三郎兄《さぶろうあに》の目もないし、小桜《こざくら》は水色地の絞《しぼ》りの小袖《こそで》に、山吹色《やまぶきいろ》の帯をしめて、平川門《ひらかわもん》を出た。

御庭役《おにわやく》の者たちは平川門《ひらかわもん》を使うことになっている。

そのほかの門であれば、水色地の絞《しぼ》りの小袖《こそで》などという派手《はで》な着物を着た娘《むすめ》が出ていけば、何者だということになるのだが、平川門《ひらかわもん》であれば、そういうことはない。

ほかの門とちがって、平川門《ひらかわもん》は特別な門なのだ。別名、不浄門《ふじょうもん》とも呼《よ》ばれ、城内《じょうない》で罪人《ざいにん》や死人が出ると、平川門《ひらかわもん》から城外《じょうがい》に出す。

また、平川門《ひらかわもん》の門衛《もんえい》は、橘北家《たちばなほっけ》と橘南家《たちばななんけ》の者が交代でするので、両家の者はたがいにだれがだれだか知っているから、たとえば、小桜《こざくら》がどんなかっこうで出ていこうが、とがめだてするどころか、気にする者すらいない。

平川門《ひらかわもん》で内堀《うちぼり》をこえ、そのまま一《ひと》ツ橋門《ばしもん》をとおって城《しろ》の外に出てもいいし、もうひとつ東の神田橋門《かんだばしもん》をとおってもいい。神田橋門《かんだばしもん》のすぐそばに、酒井左衛門尉《さかいさえもんのじょう》の屋敷《やしき》がある。

とにかく、内堀《うちぼり》をこえてしまえば、あとはどの門も、さほど警戒はきびしくない。気づかれずに、そっと出ていくわざくらい、小桜《こざくら》にはある。

小桜《こざくら》は神田橋門《かんだばしもん》から出て江戸市中《えどしちゅう》に入ると、京橋《きょうばし》をわたって、近江屋《おうみや》にやってきた。

道すがら、三郎兄《さぶろうあに》にならったこつをさっそく試してみたが、だれかにあとをつけられているると思いつづけるのは、そうかんたんなことではない。はやりの柄《がら》の小袖《こそで》を着た町娘《まちむすめ》が前からやってくれば、尾行《びこう》のことより、その娘《むすめ》の帯に気持ちがいってしまう。貝殻《かいがら》に入れた紅《べに》をならべている店があれば、だれかが見ているかもしれないなどということはいっさいかまわず、ひとつひとつ、貝殻《かいがら》を手に取って、紅《べに》のかがやきのちがいを検《けん》分《ぶん》するしまつだった。

ひと月近くも城内《じょうない》にいて、町に出てきたのだから無理もない。

小路《こうじ》から近江屋《おうみや》をのぞくと、客がいたので、小桜《こざくら》はとなりの釜屋《かまや》に入り、その二階から近江屋《おうみや》の二階にぬけて、近江屋《おうみや》の一階におりて、裏庭《うらにわ》にまわった。

裏庭《うらにわ》では、半守《はんす》がねそべっており、小桜《こざくら》が行くと、起きあがって、そばにきた。

半守《はんす》は犬なのに、ときどき口をきく……ようなのだ。

はじめは、だれか近江屋《おうみや》の者が送声《そうせい》の術《じゅつ》を使い、あたかも半守《はんす》がしゃべっているかのように見せかけたのかと思ったが、どうもそうではないようだ。

とはいえ、半守《はんす》はいつでも口をきくわけではない。

たまに、ここがだいじというときにだけ、口をきく。

だから、今、小桜《こざくら》が、

「半守《はんす》。元気にしていた？」

などと声をかけても、半守《はんす》はだまったままだ。

小桜《こざくら》がしゃがんで、半守《はんす》の頭をなでていると、座敷《ざしき》から一郎兄《いちろうあに》の声が聞こえた。

「小桜《こざくら》。きていたのか。」

小桜《こざくら》がふりむき、

「はい。」

と答えると、一郎兄《いちろうあに》は下駄《げた》をはいて、庭におりてきた。

忍《しの》びの世界では、仲間がどこで、どんなおつとめをしているか、それが自分のおつとめにかかわりがないかぎり、知らないほうがいいとされている。なぜなら、敵《てき》につかまった

とき、知らないことは知らないのだから、どんなに責《せ》められても、仲間のしていることを白状《はくじょう》できないからだ。

それでも、小桜《こざくら》は三郎兄《さぶろうあに》がどこに行ったのか、気になっていた。そこで、

「兄上《あにうえ》。三郎兄上《さぶろうあにうえ》のことなのだけど……。」

と言うと、一郎兄《いちろうあに》はこともなげに答えた。

「ああ、あいつは上方《かみがた》に行った。もうとっくに、大坂に着いているころだ。」

橘北家《たちばなほっけ》は外様大名《とざまだいみょう》をさぐることがおもな仕事だから、江戸《えど》から出るおつとめとなると、西国《さいごく》が多い。九州や四国、それから近くても、山陽道《さんようどう》、山陰道《さんいんどう》だ。

しかも、大坂は幕府直轄《ばくふちょっかつ》で、町奉行《まちぶぎょう》は旗本《はたもと》がなる。だから、もし、そこで何かきなくさいことがあれば、それをさぐるのは橘南家《たちばななんけ》の仕事ということになる。

小桜《こざくら》は立ちあがって、言った。

「大坂って？　三郎兄上《さぶろうあにうえ》は、何をしに大坂なんかに？」

一郎兄《いちろうあに》はあたりまえのように答えた。

「大坂といえば、商いの町だ。むろん、三郎《さぶろう》は商いの修行《しゅぎょう》に行ったのだ。」

「えーっ?」

と思わず声をあげた小桜《こざくら》に、一郎兄《いちろうあに》はまじめな顔で言った。

「なんというか、世は泰平《たいへい》だ。たしかに、ときどき西国《さいごく》では、外様大名《とざまだいみょう》が奇妙《きみょう》なことをやりはするが、正面きって上様《うえさま》にさからおうという者はいない。そうなると、いずれはわたしたちの家も用なしになる。だから、このさい、三郎《さぶろう》を分家させ、忍《しの》びをやめさせて、商いの道にすすめさせるのが父上のお考えなのだ。」

これにはもう、小桜《こざくら》もすぐには声が出なかった。

ようやく、

「そんな……。」

と出た声はかすれている。

すると、一郎兄《いちろうあに》はぽつりと言った。

「うそだ。」

「え?　うそ?」

だまされたとわかり、小桜《こざくら》は一郎兄《いちろうあに》に跳《と》びつき、両こぶしで胸《むね》をたたいた。

一郎兄《いちろうあに》は笑いながら、小桜《こざくら》を両手でひきはなすと、

「三郎《さぶろう》は大坂には行ったが、商人《あきんど》になるためではない。商人をさぐりに行ったのだ。ちょっと奇妙《きみょう》なことを次郎《じろう》が見つけてな。知らせてきたのだ。」

と言った。

「じゃ、三郎兄上《さぶろうあにうえ》は今、次郎兄上《じろうあにうえ》といっしょなの？」

「さあ、それはどうかな。だが、ふたりとも、そんなに長くは大坂におるまい。近いうちに帰ってくるのではないか。」

「それで、次郎兄上《じろうあにうえ》は何を見つけたの？」

「材木だ。」

「材木？」

「そうだ。」

「いくら大坂だって、材木くらいあるでしょ。」

「そりゃあ、そうだ。きちんと言うと、材木そのものではなく、材木の値《ね》の動きが奇妙《きみょう》だ。と知らせてきたのだ。」

「それ、どういうこと?」

「大きな地震《じしん》や火事があると、材木の値《ね》があがる。みながいっせいに新しい家を建てたり、修繕《しゅうぜん》したりするからだ。だが、ここのところ、大坂で、そういうことは起こっていない。それなのに、材木の値《ね》がじわりじわりとあがっているのだ。」

「どうしてかしら?」

「買《か》い占《し》めている者がいるからだ。」

「だれが買《か》い占《し》めているの?」

「次郎《じろう》がしらべたところ、大坂の材木商人、飛騨屋甚左衛門《ひだやじんざえもん》で、その背後《はいご》には、大坂の両替商《りょうがえしょう》の越前屋《えちぜんや》がいるらしい。」

江戸《えど》の呉服商《ごふくしょう》や小間物屋《こまものや》、それから下駄屋《げたや》や草履屋《ぞうりや》なら、どんな店がどこにあるか、小桜《こざくら》にはわかる。でも、材木屋や両替商《りょうがえしょう》となると、よほど店構《みせがま》えの大きなものでなければ、江戸《えど》にあるものでさえ、どこにどんなものがあるのか、よくわからない。まして、大坂となると、もっとわからない、というか、まるでわからない。

「それって、越前屋《えちぜんや》っていう両替商《りょうがえしょう》が飛騨屋《ひだや》っていう材木屋にお金を貸《か》して、材木を買《か》い占《し》めさせているってことかしら?」

「そうだ。よくわかったな。」

「そんなこと、そこまで教われば、だれだってわかるけど、でも、それがどうして、わたしたちのおつとめとかかわりがあるのかしら。材木の値《ね》があがると、将軍様《しょうぐんさま》がおこまりになるの?」

「材木の値《ね》が倍になったところで、上様《うえさま》がおこまりになることはない。だが、いっきに材木が必要になるようなことになれば、おこまりになるだろう。」

「地震《じしん》とか、火事とか……。」

と、そこまで言って、小桜《こざくら》ははっとした。

このあいだ、船橋村《ふなばしむら》の漁師《りょうし》の付け火のことがあったばかりだ。

あの三人は明暦《めいれき》の大火《たいか》のまねをしたのだ。その明暦《めいれき》の大火《たいか》では、江戸城《えどじょう》は本丸《ほんまる》が焼け落ち、その本丸《ほんまる》はまだ再建《さいけん》されていない。

小桜《こざくら》はごくりとつばを飲みこんでから言った。

「もしかして、大坂で付け火が?」

「いや、大坂とはかぎらない。江戸《えど》で材木が品薄《しなうす》になれば、大坂の材木を運んでくることになるからな。」

「それじゃあ、江戸《えど》でだれかが付け火をするかもしれないってこと？」

「そういうこともありうる。」

「だれが？　飛騨屋《ひだや》っていう材木屋と越前屋《えちぜんや》っていう両替商《りょうがえしょう》がならず者をやとって、江戸《えど》で付け火をさせるとか？」

「それもなくはなかろうが、すでにあがっている材木の値《ね》がさらに、はねあがるとすれば、よほどの大火事《おおかじ》でなければならない。江戸《えど》の火消しは腕《うで》ききぞろいだ。そのへんで一軒《けん》、家が焼けたくらいでは、風でもなければ、大火事《おおかじ》にはさせまい。明暦《めいれき》の大火《たいか》のようにするためには、同時にあちこちで火をつけねばならない。江戸《えど》であれ、大坂であれ、市中には奉行所《ぶぎょうしょ》の者らの目も光っている。大火《たいか》を起こす付け火など、そうたやすくはあるまい。そこいらのごろつきどもの手にはおえまい。」

「そうよね。それに、そんな大それた付け火なんかして、つかまったら、死罪《しざい》になるにきまってるでしょ。いくらかお金をもらったって、そんなこと、だれもしたがらないと思う。

船橋村《ふなばしむら》の三人だって、そこまではやってない。」

小桜《こざくら》はそこまで言って、ふと思った。

やる気になれば、そういうことができる者もいる。

それは忍《しの》びだ……。

「兄上《あにうえ》。もしかして、だれかが忍《しの》びにそれを？」

一郎兄《いちろうあに》が小さくうなずいた。

「それもありうると思うのだ。」

「だけど、大坂の材木屋とか、両替商《りょうがえしょう》が、どうやって忍《しの》びをやとうの？　そのへんの口入《くちいれ》屋《や》に行って、忍《しの》びをひとりよこしてくれってわけにはいかないでしょ。」

「そうだ。忍《しの》びに、それをさせることができる者は……。」

「どこかのお大名《だいみょう》か……。」

と自分でそう言って、どうして三郎兄《さぶろうあに》が大坂に行ったのか、小桜《こざくら》にもようやく合点がいった。

六段 ✿ 雨

もともと小桜《こざくら》は城《しろ》の中の屋敷《やしき》にいるより、近江屋《おうみや》にいるほうが好き、というより、江戸《えど》の町にいるほうが好きなのだ。

それに、一郎兄《いちろうあに》が、帰れとも言わず、また、城《しろ》の屋敷《やしき》からくるつなぎの者も、城《しろ》にもどれとも言わない。それで、小桜《こざくら》はそのまま近江屋《おうみや》にいつづけた。

もちろん、丁稚《でっち》のかっこうで店を手伝《てつだ》うこともあるが、ひとりで外に遊びに行くことも多い。

夜だと、一郎兄《いちろうあに》は、

「半守《はんす》をつれていったほうがいい。」

と言うが、昼間なら、何も言わない。

近江屋《おうみや》にきて、十日ほどたった朝、小桜《こざくら》が丁稚姿《でっちすがた》で外に水をまいていると、呉服屋《ごふくや》の相《さ》模屋《がみや》の番頭《ばんとう》がきて、言った。

「お嬢様《じょうさま》は？」

相模屋《さがみや》の番頭《ばんとう》は、目の前にいるのがそのお嬢様《じょうさま》だとは気づかない。近江屋《おうみや》の丁稚《でっち》だと思っているのだ。

「へい。奥《おく》に。」

水まきの手を止めて、小桜《こざくら》が答えると、番頭《ばんとう》は、

「相模屋《さがみや》の番頭《ばんとう》がきたと伝えておくれ。」

と言って、ひしゃくを持っている小桜《こざくら》の手に小銭《こぜに》を一枚《まい》にぎらせた。

自分がきたことを小桜《こざくら》に知らせるための駄賃《だちん》というわけだろう。

「どうもありがとうございます。」

と言って、小桜《こざくら》はおじぎをし、小銭《こぜに》をまえかけの胸《むね》の物入れに入れると、ひしゃくを手桶《ておけ》につっこんだ。そして、手桶《ておけ》をそこにおいて、店に入り、二階にかけあがった。

水色地の絞《しぼ》りの小袖《こそで》に着《き》がえ、山吹色《やまぶきいろ》の帯をしめ、髪型《かみがた》をかえて、下におりていくと、相模屋《さがみや》の番頭《ばんとう》は店にあがり、一郎兄《いちろうあに》と話をしている。

手代《てだい》が出したのだろう。ふたりの前にはそれぞれ茶托《ちゃたく》がおかれている。

小桜《こざくら》の顔を見て、一郎兄《いちろうあに》が言った。

「相模屋《さがみや》さんの番頭《ばんとう》さんがいらしてるよ。」

「はい。いま、そう聞きました。」

小桜《こざくら》がそう言うと、相模屋《さがみや》の番頭《ばんとう》はすわったまま、ふりむき、

「いえ。そこまできたものですから、ちょっとご挨拶《あいさつ》に、よらせていただいたところ、お茶をごちそうになってしまい……。」

などと言った。

「小桜《こざくら》。相模屋《さがみや》さんに、京からいい反物《たんもの》が入っているそうだ。あとで、見にいってきたらどうだ。」

一郎兄《いちろうあに》がそう言うと、相模屋《さがみや》の番頭《ばんとう》は手に持っていた茶碗《ちゃわん》を茶托《ちゃたく》におき、小桜《こざくら》のほうにむいて、すわりなおしてから言った。

「その小袖《こそで》は、手前どもで仕立てさせていただいたものですね。お気にめしておられるようで、なによりでございます。いえ、きのう、京より荷がとどき、その中に、うすい橙色《だいだいいろ》

の友禅がありましてね。もみじ柄の刺繡がほどこされておりまして、きっと、お嬢様《じょうさま》にお似合《にあ》いではないかと、よほど持ってまいろうかと思ったのですが、ほかにも、いろいろおもしろい柄《がら》のものもありますので、一度、店のほうにおいでいただいて……。」

そこまで言って、相模屋《さがみや》の番頭《ばんとう》は一郎兄《いちろうあに》の顔をちらりと見た。

すると、一郎兄《いちろうあに》が小桜《こざくら》に言った。

「番頭《ばんとう》さんといっしょに行って、見てきたらどうだ？」

小桜《こざくら》としては、もちろん、すぐそうしたいところだが、それではあまりに子どもっぽいと思い、

「それじゃあ、今していることが終わったら、昼すぎにでも、うかがいます。」

と答えた。

「さようでございますか。それがようございます。」

相模屋《さがみや》の番頭《ばんとう》は満面に笑《え》みをたたえ、そう言うと、そのあと、少しのあいだ、一郎兄《いちろうあに》と話をしてから帰っていった。

相模屋《さがみや》が出ていくと、まだ店にいた小桜《こざくら》の近くに佐久次《さくじ》がきて、小声でひやかした。

「姫《ひめ》。今していることっていうのは、水まきのことですか。それなら、もう終わってますよ。」

まるで、それが合図だったかのように、そのあと急に店が客でこみだし、小桜《こざくら》は二階にあがって、丁稚《でっち》の服に着替《きが》え、昼時になって、客が引けるまで、店を手伝《てつだ》った。

そして、昼餉《ひるげ》のあと、小桜《こざくら》は黄色地におみなえしの柄《がら》が入った振袖《ふりそで》を着て、店を出た。振袖《ふりそで》を選びにいくなら、振袖《ふりそで》がいい。そうすれば、今のものと、新しい反物《たんもの》を目で見てくらべられる。

相模屋《さがみや》は日本橋《にほんばし》にあり、近江屋《おうみや》からは遠くない。

表通りの大店《おおだな》で、中に入ると、すぐに番頭《ばんとう》が小桜《こざくら》に気づき、

「あ、お嬢様《じょうさま》。ようこそいらっしゃいました。奥《おく》のほうに、品を用意させてありますから、どうぞ、どうぞ。」

と言って、土間《どま》から見える座敷《ざしき》ではなく、その奥《おく》にある小部屋に小桜《こざくら》を案内した。

小部屋のすみには、もう、反物《たんもの》やら帯やらがいくつもおかれ、番頭《ばんとう》と小桜《こざくら》が入るとすぐに、若《わか》い手代《てだい》が茶を持ってきた。

いくつか反物《たんもの》を見たが、やはり、番頭《ばんとう》が言っていたうすい橙色《だいだいいろ》の友禅《ゆうぜん》がよかった。ちょっとおとなっぽすぎるかなと小桜《こざくら》は思ったが、番頭《ばんとう》はおそらく小桜《こざくら》がそう思うと見《み》越《こ》していたのだろう。

小桜《こざくら》が立って、肩《かた》から布《ぬの》をかけていると、番頭《ばんとう》は、

「よくお似合《にあ》いですねえ。でも、もう少しおとなっぽいほうがよろしいでしょうかね。いや、帯を地味目にすれば、だいじょうぶでしょうかね……。」

などと言った。

もう何度も相模屋《さがみや》では着物を作っているし、番頭《ばんとう》は小桜《こざくら》の好みを知りぬいているから、その反物《たんもの》が小桜《こざくら》の気に入ることもわかっているし、いくらか地味で、おとなっぽすぎると思うかもしれないということも考えに入れてあるにちがいない。それで、わざわざ、もっとおとなっぽいほうがいいというようなことを言うのだ。もっとおとなっぽいものがいいというようなことを言えば、その反物《たんもの》が地味ではなく、年にふさわしいということになる。

そのようなやりとりが何度かあって、その友禅《ゆうぜん》を振袖《ふりそで》に仕立ててもらうほか、小袖《こそで》をふたつあつらえてもらい、それらに合わせて、帯を何本か選んでいるうちに、半時ほどの時

間はすぐにたってしまう。

それで、

「大急ぎで仕立てさせますから。」

という声に送られ、小桜《こざくら》が日本橋《にほんばし》の大通りに出て、ついでに近くの小間物屋《こまものや》に入り、櫛《くし》とかんざしを見ていると、きゅうに外が暗くなった。

その店は何度もきているし、小桜《こざくら》が近江屋《おうみや》の者だということは主人も知っている。

「お嬢様《じょうさま》。なんだか、雲ゆきがあやしいようで……。」

と主人が小桜《こざくら》に声をかけた瞬間《しゅんかん》、ザーッと降《ふ》ってきた。

「夕立ちの季節も、そろそろ終わりですのにね。」

主人はそう言いながら、雨が降《ふ》ってきたのは、かえってさいわいと言わんばかりに、かんざしがならんだ木箱を小桜《こざくら》の目の前においた。

「きょうは、お金を持ってきていないから……。」

小桜《こざくら》が言うと、主人は、

「お代など、いつでもよろしゅうございますよ。お気にめしたものがございましたら、そのままお持ち帰りください。」

などと言って、笑っている。

「その右から三番目のもみじの彫《ほ》り物《もの》があるのはどう？」

と、だれかがうしろで声をかけてきたので、小桜《こざくら》はさっとふりむいた。

今の今までだれもいなかったし、もし、店に入ってきたのなら、主人も気づくはずだ。

その主人といえば、

「おや、これは桜花《おうか》さん。いつからそこに？」

と言って、きょとんとした顔をしている。

それは市川桜花《いちかわおうか》だった。

縦縞《たてじま》の着物に、役者風のぞろりとした薄手《うすで》の羽織姿《はおりすがた》だ。

「今、きたところですよ。」

桜花《おうか》は主人にそう言うと、小桜《こざくら》の横にきて、もみじの彫《ほ》り物《もの》のある銀のかんざしを手に取った。

「これなんか、先をするどくとがらせたら、人も殺せるんじゃないかねえ。」

桜花《おうか》がそう言うと、主人は、

「また、桜花《おうか》さん。そんな冗談《じょうだん》をおっしゃっては、商いにさしつかえますよ。いやですねえ、人を殺せるなんて……。」

と言った。

そのとき、桜花《おうか》はほんの少し目を細め、口もとに、うっすらと微笑《びしょう》を浮《う》かべたが、それはまだおとなになりきっていない小桜《こざくら》が見ても、不気味なくらいに美しかった。

それはともかく、桜花《おうか》の手の中にある銀のかんざしは、たしかに、先をとがらせれば、心臓《しんぞう》をひとつきできるかもしれない。それくらいの長さがあった。

武器《ぶき》に使うかどうかは別にして、じつを言うと、小桜《こざくら》は見た瞬間《しゅんかん》からそのかんざしが気に入っていた。だが、人も殺せるんじゃないかと言われたあとでは、いかにも買いにくい。

それよりなにより、小桜《こざくら》のかむろ頭の髪《かみ》は短く、長いかんざしをさすには無理がある。

それで、かんざしの小箱の横にあった小箱の中から、漆塗《うるしぬ》りに赤いもみじが入った櫛《くし》を手に取り、

「じゃあ、これを。勘定《かんじょう》はあとで払《はら》いにきます。」

と言って、それを髪《かみ》にさした。

すると、桜花《おうか》は、

「じゃあ、わたしはそのもみじの彫《ほ》り物《もの》があるやつをいただくから、つつんでくださいな。あ、それから、近江屋《おうみや》さんのお嬢《じょう》さんの分も、わたしが立てかえていきますよ。雨も降《ふ》っているし、近江屋《おうみや》さんの番頭《ばんとう》さんとは知らない仲でもないから、ついでに、お嬢《じょう》さんを近江屋《おうみや》さんに送っていきますよ。」

と言って、小桜《こざくら》が買った櫛《くし》の分まで勘定《かんじょう》をすませてしまった。

「それじゃあ、まいりましょうか。」

と言って、桜花《おうか》はさきに店を出ると、店の入り口に立てかけてあった傘《かさ》を開いた。

「毎度ありがとうございます。近江屋《おうみや》さんによろしくお伝えください。」

という主人の声をうしろに聞いて、小桜《こざくら》が外に出ると、桜花《おうか》は傘《かさ》をさっと小桜《こざくら》の上にさしだした。

雨はあいかわらず降《ふ》っていたが、小間物屋《こまものや》から出て十歩も歩かないうちに、小桜《こざくら》は奇妙《きみょう》なことに気づいた。

自分と桜花《おうか》の足もとで雨水がはねあがらないのは、傘《かさ》があるからだから、わかる。でも、ふたりが進む方向の数歩さきまで、雨水のはねかえりがない。

そのさきに目をやると、かなりはげしく、地面で雨水がはねかえっている。

そっと左右を見ると、ふたりの左右、五、六歩のところまで、雨のはねあがりがない。

ふたりのまわりだけ、雨が降《ふ》っていないのだ！

それに気づいたとき、突然《とつぜん》、桜花《おうか》が言った。

「そうそう。番頭《ばんとう》さんに、たまには小屋にいらしてくださるよう、お伝えくださいな。」

「は、はい……。」

と小桜《こざくら》が答えたところで、まわりの雨足がザザッと強くなった。

だが、ふたりのまわりには雨は落ちてこない。

もし、雨が落ちてきていれば、傘《かさ》がザラザラと鳴るはずだ。

傘《かさ》は音も立てず、また、さした傘《かさ》から雨水が下に流れ落ちてもいない。

大通りから近江屋《おうみや》のあるほうに道をまがったところで、雨が小降《こぶ》りになり、近江屋《おうみや》の前についたときは、雨はやみかかっていた。

桜花《おうか》はさしていた傘《かさ》をたたみ、ふところから、さっき買ったかんざしのつつみを出すと、それを小桜《こざくら》にさしだした。

「これ、ほしかったんでしょう。さしあげますよ。」

どうして、小桜《こざくら》がそのかんざしを気に入ったことが、桜花《おうか》にわかったのだろう。

いぶかしく思った小桜《こざくら》が、

「え？」

と、とまどっていると、桜花《おうか》は、

「今の髪《かみ》じゃあ、ちょっとさせないかもしれないけれど、あと二年もすれば……。」

と言って、小桜《こざくら》の手を取り、つつみをにぎらせた。そして、そのまま、もときたほうにもどりかけたので、小桜《こざくら》は呼《よ》びとめた。

「桜花《おうか》さん。立てかえてもらったお金は……。」

すると、桜花《おうか》はふりむいて、

「まさか、子どもといっしょに櫛《くし》を買って、その代金をもらおうなんて、そんな無粋《ぶすい》な女じゃありませんよ、わたしは……。」

と言いのこし、そのまま行ってしまった。

雨のことといい、かんざしや櫛《くし》のことといい、なんだかわけがわからず、ぼうっとして、桜花《おうか》のうしろ姿《すがた》を見送っていると、佐久次《さくじ》が店から出てきた。

「姫《ひめ》。雨に降《ふ》られたでしょう。おや、でも、ぬれてませんね。」

そう言われて、小桜《こざくら》は去っていく桜花《おうか》を指さし、

「市川桜花《いちかわおうか》に送ってもらった。」

と言った。

人目のあるところで、女の着物を着ているときは、小桜《こざくら》は女言葉を使うことにしている。

だが、つい、男言葉を使ってしまった。

佐久次《さくじ》は去っていく市川桜花《いちかわおうか》を目で追いながら、言った。

「姫《ひめ》。何かありましたか。なんだか、ぼんやりしてますよ。」

小桜《こざくら》は佐久次《さくじ》の顔を見あげて、女言葉にもどって言った。

「雨がね。わたしとあの人のまわりだけ、降《ふ》ってなかったみたいなの。」

「そりゃあ、桜花《おうか》が傘《かさ》をさしていたからでしょう。」

「いいえ、そうじゃないの。傘《かさ》をさしていたから、ぬれなかったんじゃなくて、わたしたちのまわりだけ、降《ふ》ってこなかったのよ。」

小桜《こざくら》は真顔《まがお》でそう言ったのだが、佐久次《さくじ》は、

「桜花《おうか》はときどき舞台《ぶたい》でも、手品みたいなことをやりますが、まさか、降《ふ》っている雨を止めることまではできますまい。そんなことを旦那様《だんなさま》に言うと、また、桜花《おうか》は化け物だから だ、なんて言われますよ。」

と言って、さきに店に入ってしまった。

化け物ということはないだろうが、市川桜花《いちかわおうか》という女形《おやま》の正体は謎《なぞ》だ。

小桜《こざくら》は空を見あげた。

雲が切れかかっている。

じつを言うと、もみじのかんざしを買ってもらったのは、うれしかった。新しい振袖《ふりそで》ももみじの柄《がら》だ。

だけど、こっちを子どもあつかいして……。

ちょっと癪《しゃく》だと思ったとき、桜花《おうか》の言葉が頭の中でよみがえった。

「そんな無粋《ぶすい》な女じゃありませんよ、わたしは……。」

そんな無粋《ぶすい》な女……？　女……？

歌舞伎《かぶき》役者はみな、男のはずだ。

それなのに、女？

小桜《こざくら》は忍《しの》びとしておつめをするとき、男になりきっている。

女形《おやま》は舞台《ぶたい》でなくても、ふだんから女になりきっているのだろうか……。

そういうことは、あるかもしれない。

それは、そういうことにしたところで、小桜《こざくら》はもうひとつのことを思い出した。

桜花《おうか》が小間物屋《こまものや》に入ってきて、自分のすぐうしろに立ったとき、小桜《こざくら》はまるで気づかなかった。

小桜《こざくら》だけではなく、入ってきた桜花《おうか》のことが前から見えたはずの小間物屋《こまものや》の主人も、桜《おう》花《か》に気づかなかったようだった。

やはり、市川桜花《いちかわおうか》はただ者ではないのだ。

七段　夜遊び

店には客はおらず、帳場《ちょうば》に一郎兄《いちろうあに》がすわっているほか、手代《てだい》もいなかった。

小桜《こざくら》は一郎兄《いちろうあに》の横にすわると、まず相模屋《さがみや》でどんな反物《たんもの》を選び、どういうふうに仕立ててもらうことにしたか、また、帯はどんなものにしたかを報告《ほうこく》し、

「兄上《あにうえ》。いつも、ありがとうございます。」

と礼を言った。それから、まだ手に持っていたつつみを開き、中のかんざしを一郎兄《いちろうあに》にさしだして、言った。

「相模屋《さがみや》さんの近くの小間物屋《こまものや》によったら、あとから市川桜花《いちかわおうか》がきて、かんざしを買ったの。うちの前まで送ってくれたんだけど、別れぎわに、これをくれて、しかも、立てかえてもらった櫛《くし》のお金もいらないって……。」

一郎兄《いちろうあに》は小桜《こざくら》からかんざしを取ると、裏《うら》にしたり、表にしたり、飾《かざ》りにさわったり、先

を指でなぞったりしてから、つぶやいた。

「これは、少し研げば、人を殺せるな……。」

あとから座敷《ざしき》にあがってきて、小桜《こざくら》の近くにすわった佐久次《さくじ》も、

「それなら、わたしが研いでおきましょう。」

と言い、一郎兄《いちろうあに》のほうに手をのばして、かんざしを受けとった。

それから、小桜《こざくら》は一郎兄《いちろうあに》に、雨のことを話した。

一郎兄《いちろうあに》は驚《おどろ》きもせずに、

「そのようなことも、あるだろうさ。」

と言った。

佐久次《さくじ》がうつむき、声を殺して笑った。

それから、顔をあげて言った。

「惣領様《そうりょうさま》、それじゃあ、狐《きつね》でしょうか、狸《たぬき》でしょうか。それとも貉《むじな》で？」

店に客がいれば、佐久次《さくじ》は一郎兄《いちろうあに》を旦那様《だんなさま》と呼《よ》び、いなければ、惣領《そうりょう》とか、惣領様《そうりょうさま》と呼《よ》ぶ。惣領《そうりょう》とは長男のことだ。

もちろん、佐久次《さくじ》はふざけて、狐《きつね》か狸《たぬき》か狢《むじな》かときいたのだが、一郎兄《いちろうあに》は真顔《まがお》で答えた。

「うむ。狸《たぬき》や狢《むじな》ではない。狐《きつね》だ。これで、桜花《おうか》が狐《きつね》だということがわかった。」

ここまで真顔《まがお》で答えられると、さすがに小桜《こざくら》も、一郎兄《いちろうあに》の顔をじっと見ないではいられない。

「では、どうして、狸《たぬき》や狢《むじな》じゃないんです、惣領《そうりょう》?」

そうきいた佐久次《さくじ》の目が笑っている。

一郎兄《いちろうあに》は答えた。

「佐久次《さくじ》。おまえ、天気雨というのを知っているだろう。空は晴れているのに、雨が降《ふ》るというやつだ。狐《きつね》の嫁入《よめい》りとも言う。狐《きつね》が行列を作って、嫁入《よめい》りをするときに、そういうことが起こるのだ。」

「くっくっ……。」

こらえきれずに、佐久次《さくじ》が声を出して笑った。

「そりゃあ、惣領様《そうりょうさま》、おかしいでしょう。天気なのに雨が降《ふ》ったのではなく、雨なのに、桜花《おうか》と姫《ひめ》がいるところだけ、雨が落ちてこなかったっていうんですから。」

それからひと呼吸《こきゅう》、間《ま》をおいて、佐久次《さくじ》が言った。

「あ、そうか。天気なのに雨じゃなくて、その逆《ぎゃく》っていうなら、狐《きつね》の三《み》くだり半《はん》か。どこかの狐《きつね》が亭主《ていしゅ》に離縁《りえん》されて、里に帰ったんでしょうかね。そうなると、桜花《おうか》が離縁《りえん》されて、帰るところだったってことになりますけど。ですけど、桜花《おうか》は女形《おやま》で、男だからねえ。離《り》縁《えん》したって、されることはないでしょう。」

佐久次《さくじ》は自分が言ったことがよほどおもしろかったらしく、そのあともしばらく、

「くっくっ……。」

と笑っていた。

それでも、一郎兄《いちろうあに》は機嫌《きげん》をそこねるわけでもなく、

「それで、そのもみじの振袖《ふりそで》というのは、いつできあがってくるのだ。」

と、相模屋《さがみや》で作らせる着物のことに話を変えた。

夕餉《ゆうげ》のあと、小桜《こざくら》が浴衣《ゆかた》で中庭に出て、半守《はんす》をかまっていると、佐久次《さくじ》が庭におりてきて、

「これ、研いでおきました。鉄じゃなく、銀ですから、そんなに強くはありません。飾《かざ》り

のところを手に持って、胸《むね》をつけば、それほど大きな男でなければ、なんとか心臓《しんぞう》にとどくでしょう。だけど、それはあんまりいい手じゃない。狙《ねら》うなら、うしろにまわって、首《くび》筋《すじ》をやるか、前からなら喉《のど》ですね。胸《むね》だと、肋骨《ろっこつ》があって、そこにぶつかると、やっかいだ。」

と言って、かんざしを小桜《こざくら》にわたした。

「ありがとう。」

小桜《こざくら》が礼を言うと、佐久次《さくじ》は言った。

「一人前《いちにんまえ》のくのいちになって、女の姿《すがた》でおつとめをするようになったら、髪《かみ》にさして、いざというときに使えばいいでしょう。」

「それじゃあ、今、使えないでしょ。手裏剣《しゅりけん》といっしょにさらしにまいて、ふところに入れておこうかしら。」

小桜《こざくら》がそう言うと、佐久次《さくじ》は、

「だったら、さらしに手裏剣《しゅりけん》を二本入れておいたほうがいいのでは？　どうしても持っていたいなら、脚絆《きゃはん》の裏《うら》にでも、ぬいつけておいて、いざというときに取り出すというのはいかがです。」

と言って、縁側《えんがわ》にあがってしまった。

小桜《こざくら》は佐久次《さくじ》の案が気に入り、さっそく二階にあがって、押《お》し入《い》れから忍《しの》び装束《しょうぞく》を出すと、右足の脚絆《きゃはん》の内側に糸でかんざしをぬいつけた。

かんざしの先には、綿《わた》を糸で巻《ま》きつけておく。

じっさいに忍《しの》び装束《しょうぞく》を身につけ、脚絆《きゃはん》をつけて、歩いてみたが、ほとんどじゃまにはならない。

そんなことをしているうちに、宵五ツ《よいいつ》の鐘《かね》が聞こえた。

まだ、町の木戸《きど》が閉《し》まるには時間がある。だから、外はまだ人通りがある。

そういえば、しばらく忍《しの》びの術《じゅつ》の稽古《けいこ》をしていない。城《しろ》にいるときは、毎日三郎兄《さぶろうあに》と稽《けい》古《こ》をするが、近江屋《おうみや》にいるときは、ほとんどしない。

忍者刀《にんじゃがたな》や分銅縄《ふんどうなわ》など、道具の手入れをしてから、それらを身につけ、忍《しの》び装束《しょうぞく》のまま、店におりていく。

店には、手代《てだい》はひとりもおらず、一郎兄《いちろうあに》と佐久次《さくじ》が座敷《ざしき》で茶を飲んでいた。

「兄上《あにうえ》。半守《はんす》をつれて、そのへんをまわってこようと思うのですが。」

小桜《こざくら》が一郎兄《いちろうあに》にそう言うと、一郎兄《いちろうあに》はうなずいて、

「いいだろう。だが、宵四《よいよ》ツが鳴って、町の木戸《きど》が閉《し》まってからにしろ。」

と答えた。

夜がふけると、江戸《えど》の町のあちこちにある木戸《きど》が閉《し》まり、ふつうの者は通れなくなる。

小桜《こざくら》はわらじをはいて、庭に出た。そして、四《よ》ツの鐘《かね》が鳴るのを待って、黒い覆面《ふくめん》と頭《ず》巾《きん》をつける。

覆面《ふくめん》にゆるみがないか、指を入れてたしかめてから、小桜《こざくら》は半守《はんす》に声をかけた。

「行こっ、半守《はんす》!」

覆面《ふくめん》で、声がくぐもっている。

庭のすみにある裏木戸《うらきど》をそっと開けて、小路《こうじ》に出る。

半守《はんす》が出てきたところで、裏木戸《うらきど》を閉《し》め、そのままゆっくり進んで角《かど》をまがり、京橋《きょうばし》と日本橋《にほんばし》をつなぐ大通りに出る。その大通りを京橋《きょうばし》方向にむかい、木戸《きど》があるたびに、用水桶《おけ》づたいに町屋《まちや》の屋根にあがり、そこを歩く。むろん、半守《はんす》もあとからついてくる。

木戸《きど》をこえると、また道におりるというふうにして、京橋《きょうばし》のたもとまできたところで、道を左におれる。

そのまま進むと、弾正橋《だんじょうばし》に出る。

そこまで、木戸番《きどばん》以外、ひとりも人に出会わない。

一度だけ、どこかから火の用心の拍子木《ひょうしぎ》と声が聞こえてきた。

空はくもっており、月は出ていない。

ほとんど闇夜《やみよ》だ。ふつうの者なら、提灯《ちょうちん》なしでは歩けないだろう。

だが、忍《しの》びはちがう。忍《しの》びは夜目《よめ》がきく。

ところどころ、町屋《まちや》の窓《まど》からもれる明かりだけで、じゅうぶんに歩ける。いや、走れる。

弾正橋《だんじょうばし》をわたり、左にまがって、北に進むと、川岸に桑名藩主《くわなはんしゅ》、松平越中守定重《まつだいらえっちゅうのかみさだしげ》の上屋敷《かみやしき》がある。松平《まつだいら》という姓《せい》からもわかるように、むろん外様大名《とざまだいみょう》ではない。十一万石《ごく》の親藩《しんぱん》だ。したがって、小桜《こざくら》の橘北家《たちばなほっけ》のおつとめの領域《りょういき》ではない。

だから、夜遊びにはつごうがいい。

小桜《こざくら》は忍者刀《にんじゃがたな》を腰《こし》からはずすと、塀《へい》に立てかけた。

刀の下緒《さげお》を持って、刀の鍔《つば》に右足をかける。そのままひょいと鍔《つば》にのり、塀《へい》の瓦《かわら》に手をかけて、庭をのぞく。

母屋《おもや》にはまだ明かりがともっている。だが、庭に人はいない。

塀《へい》にあがると、よつんばいになったまま、あたりをうかがう。

だれか庭に出てくるようすはない。

小桜《こざくら》は道のほうに腕《うで》をのばして、半守《はんす》に、あがってくるように合図をした。

ひと跳《と》びで半守《はんす》が塀《へい》にあがる。

小桜《こざくら》は身を起こし、刀を引きあげる。そして、それを左手に持ち、

「橘北家四郎小桜《たちばなほっけしろうこざくら》、越中守様《えっちゅうのかみさま》のお屋敷《やしき》、闇夜《やみよ》に見参《げんざん》!」

と小声で言って、庭におりたった。

半守《はんす》がそれにつづく。

もちろん、いちいち参上の挨拶《あいさつ》をする必要はない。いや、むしろ、そのようなことを言うのは、忍《しの》びにふさわしくない。

だが、小桜《こざくら》はそういうことを言うのが好きなのだ。

小桜《こざくら》は刀を腰《こし》にさした。

庭の小道には白い玉砂利《たまじゃり》がしいてある。

地面がうっすらとそこだけ白く浮《う》いている。

十万石《ごくこ》を超えれば、大大名《だいだいみょう》と呼《よ》ばれる。

「半守《はんす》。さすがに大大名《だいだいみょう》だ。白い玉砂利《たまじゃり》がしいてある。」

小桜《こざくら》は、となりにいる半守《はんす》に小声で言ったが、半守《はんす》は答えない。

玉砂利《たまじゃり》は、歩くと音がするので、忍《しの》びにとってつごうのよいものではない。

だが、小桜《こざくら》は玉砂利《たまじゃり》が好きだ。

今夜のような闇夜《やみよ》では、どうということもないが、満月の夜など、大きな屋敷《やしき》の広い庭の小道に白い玉砂利《たまじゃり》がしいてあると、月光を受けて、まるで天《あま》の川《がわ》のようだ。

小桜《こざくら》はしゃがんで、半守《はんす》の耳にささやいた。

「おまえ、玉砂利《たまじゃり》の上を、音をたてずに歩けるか?」

半守《はんす》は小桜《こざくら》の目をちらりと見てから、おもむろに歩きだし、そのまま玉砂利《たまじゃり》の小道に入った。

一歩、二歩と玉砂利《たまじゃり》の上を歩いていくが、まるで音はしない。

五、六歩進んだところで、半守《はんす》がいきなりかけだした。そして、すぐに松林の中に消えた。玉砂利《たまじゃり》の道は松林の中をぬっているのに、まるで音はしない。

小桜《こざくら》は玉砂利《たまじゃり》の道に足をふみいれた。

ゆっくり歩くだけなら、なんとか音をたてずにすむ。

そのまま歩いていくと、池があり、小橋がかかっていた。

半守《はんす》はその小橋の上にすわり、こちらに背中《せなか》を見せている。

小桜《こざくら》がそこまで行くと、明かりのともった母屋《おもや》のしょうじが開いた。

小橋から母屋《おもや》までは、歩いて五十歩というところだろうか。

小桜《こざくら》は動かない。

むこうが明るく、こちらは暗い。むこうからは見えはしない。

それなら、なまじ動かないほうがいいのだ。

開いたしょうじから、武士《ぶし》がふたり出てきて、しょうじを閉《し》めると、どこかへ行ってしまった。

武士《ぶし》の姿《すがた》が見えなくなって、それなら、縁《えん》の下にしのびこんで、下から母屋《おもや》のようすでもさぐってやろうかと、小桜《こざくら》が思ったときだった。

突然《とつぜん》、どこかで半鐘《はんしょう》が鳴った。

火事を知らせる半鐘《はんしょう》だ。

小桜《こざくら》は耳をすませた。

それほど近くはない。

半鐘《はんしょう》の方角は北だ。

ここからなら、近江屋《おうみや》は西だ。だが、火事ともなれば、親藩《しんぱん》の大名屋敷《だいみょうやしき》で夜遊びをしているときではない。

小桜《こざくら》は玉砂利《たまじゃり》をさけ、土の上を走って、近くの塀《へい》に跳《と》びのった。

庭は道よりも高い。つまり、塀《へい》は道からよりも、庭からのほうが低い。

走った勢《いきお》いもそのままに、小桜《こざくら》は塀《へい》から、道に跳《と》びおりた。

すぐそこに越中殿橋《えっちゅうとのばし》が見えた。それをわたって、町屋《まちや》に入ると、大八車《だいはちぐるま》が道ばたにとまっている。ひょいとそこに跳《と》び、そのまま町屋《まちや》の屋根にあがる。

すぐに近江屋《おうみや》のほうを見たが、火の手があがっているのは、やはり近江屋《おうみや》の方角ではなかった。

北の空が一か所、赤くなっている。

距離《きょり》もだいぶある。

小桜《こざくら》は右の親指をなめ、空にかざした。

風向きをはかるのだ。

風は西風だ。しかも、ほとんど感じられないほどの風だ。

これなら、江戸《えど》の町を焼きはらうほどの大火《たいか》にはなるまい。

小桜《こざくら》は頭巾《ずきん》をはずし、覆面《ふくめん》を取って、ふところに入れた。

やがて、町屋《まちや》から、ばらばらと人々《ひとびと》が出てきた。

男もいれば、女もいる。みな、寝《ね》まき姿《すがた》だ。

「火事はどこだ?」

だれかがそう言うと、ほかのだれかが、

「上野《うえの》のほうじゃねえか。」

などと、見えもしないのに、いいかげんなことを言っている。

男がひとり、またひとりとかけだしていく。

屋根の上にいるのが見つかってはめんどうなので、小桜《こざくら》は火事のほうにむかって、腹《はら》ばいになった。

半守《はんす》が小桜《こざくら》のとなりで、やはり腹《はら》ばいになる。

あちらこちらで、半鐘《はんしょう》が鳴ってはいるが、ながめているうちに、火が弱まっていくのがわかった。

やがて、火が消え、半鐘《はんしょう》がやんだ。

かけていった男たちがもどってきて、それぞれの家に入ったところで、小桜《こざくら》は立ちあがった。

「じゃ、今夜は帰ろうか、半守《はんす》。」

そう言って、小桜《こざくら》は屋根づたいに走りだした。

あいかわらず、月は出ていない。

脚絆《きゃはん》につけたかんざしも、気にならない。

八段 火遊び

近江屋《おうみや》にもどると、一郎兄《いちろうあに》とひとりの手代《てだい》が店で話をしていた。

佐久次《さくじ》は、別の手代《てだい》をつれて、火事を見にいったとのことだった。

小桜《こざくら》が寝《ね》ずに待っていると、深夜、子《ね》の刻《こく》になって、ふたりが帰ってきた。

火事は、小桜《こざくら》が見当をつけた方角よりいくらか東、竹町《たけちょう》の渡《わた》し場《ば》の対岸近くの小さな寺が火元で、本堂はまる焼けになったが、住職《じゅうしょく》が軽いやけどをしただけですみ、町屋《まちや》に火が燃《も》えうつることはなかったとのことだった。

「寺が火事とはめずらしいな。」

一郎兄《いちろうあに》がそう言うと、佐久次《さくじ》は、

「坊主《ぼうず》が芸者を呼《よ》んで、火遊びをしているうちに、お灯明《とうみょう》を足でけったりして、それがたおれでもしましたかね……。」

と言い、ふっと笑った。

「お坊《ぼう》さんが芸者さんと火遊びって？」

小桜《こざくら》が佐久次《さくじ》にきくと、佐久次《さくじ》はあわてたように、

「いえ、まあ……。」

と言葉をにごらせた。

するとく、一郎兄《いちろうあに》と店で待っていたほうの手代《てだい》が、

「つまりそれは、このごろの坊主《ぼうず》はなかなか生ぐさくて、深川《ふかがわ》あたりから女を寺に呼《よ》んで……。」

と言いかけた。だが、もうひとりの手代《てだい》が咳《せき》ばらいをすると、

「あ……。」

と言って、気まずそうに下をむいた。

小桜《こざくら》はみなの言っていることがよくわからなかったので、佐久次《さくじ》にたずねた。

「どうしてお坊《ぼう》さんが生ぐさくて、芸者さんとお寺で火遊びをするの？　しかも、お灯明《とうみょう》を足でけとばすなんて、どういうこと？」

「いえ、それはその……。」

佐久次《さくじ》が口ごもり、ふたりの手代《てだい》がそっぽをむくと、一郎兄《いちろうあに》はまず佐久次《さくじ》に、

「そのように気をつかわなくてもよい。小桜《こざくら》もいずれは一人前《いちにんまえ》のくのいちにならねばならぬのだ。そうなれば、男女のことも知っておかねばならない。」

と言ってから、小桜《こざくら》の顔を見た。

「みなが言っているのは、僧《そう》が寺に芸者を呼《よ》んで、仲よくしていたということだ。仲よくしているあいだに、あやまって灯明《とうみょう》をたおし、それで本堂に火がうつったと、そういうことだ。じっさいには、それは考えにくいことだ。佐久次《さくじ》たちは冗談《じょうだん》を言っているのだ。」

すると、佐久次《さくじ》が言った。

「いずれは男女のこともと言っても、惣領《そうりょう》。坊主《ぼうず》と芸者の話から入るっていうのはあんまりでした。気をつけます。」

それを聞くと、それまで、気まずそうな顔をしていた手代《てだい》のひとりが、

「じゃあ、小頭《こがしら》。わたしらのおつとめにふさわしく、ほら、何年かまえに、ふたりで加賀《かが》の前田家《まえだけ》の下屋敷《しもやしき》にしのびこんだときのことから入るっていうのはどうです。ほら、あの

とき、台所で女中に若《わか》い侍《さむらい》が……。」

と、そこまで言ったところで、佐久次《さくじ》に、

「そのへんにしておけ。」

と言われてしまい、話をやめた。

佐久次《さくじ》は近江屋《おうみや》の店の者としては番頭《ばんとう》だが、橘北家《たちばなほっけ》の江戸城御庭役《えどじょうおにわやく》としては、小頭《こがしら》なのだ。

小桜《こざくら》としては、そのさきを聞きたいところではあったが、一郎兄《いちろうあに》もいることだし、

「それで、その侍《さむらい》が？」

などと話のさきをうながすことはしなかった。

「まあ、ともあれ、死人が出なくてよかった。」

一郎兄《いちろうあに》がそう言うと、それが合図だったかのように、みな、それ以上、寺の火事の話をするのはやめた。

翌朝《よくあさ》、空は晴れあがっていた。

朝餉《あさげ》をすませて、小桜《こざくら》が丁稚《でっち》のかっこうで外を掃《は》いていると、雷蔵《らいぞう》がやってきた。

「お嬢《じょう》さん。番頭《ばんとう》さんは？」

雷蔵《らいぞう》が小桜《こざくら》に声をかけてきたところで、佐久次《さくじ》が外に出てきた。

佐久次《さくじ》は雷蔵《らいぞう》に、

「ちょっとお話が……。」

と言われ、

「それじゃあ、となりの飯屋《めしや》で。」

ということになった。

佐久次《さくじ》と雷蔵《らいぞう》が、あけたばかりの釜屋《かまや》に入っていったので、もちろん小桜《こざくら》もあとからついていった。

釜屋《かまや》の親父《おやじ》も、もちろん忍《しの》びだ。

佐久次《さくじ》と雷蔵《らいぞう》が卓《たく》をはさんで、いすに腰《こし》かけ、佐久次《さくじ》のとなりに小桜《こざくら》がすわると、釜屋《かまや》の親父《おやじ》は茶を出して、すぐにひっこんでしまった。

店に客はいない。

「せっかくですから、いただきやしょう。」

と言って、雷蔵《らいぞう》は茶をぐっと飲んでから、茶碗《ちゃわん》をにぎったまま言った。

「番頭《ばんとう》さん。きのうの火事はごぞんじでしょう。」

佐久次《さくじ》は、自分も見にいってきたことは言わずに、

「ええ。寺が燃《も》え、住職《じゅうしょく》がけがをしたそうで。ですが、それが何か？」

とさきをうながした。

「それが、どうも妙《みょう》な話で。」

「妙《みょう》とは？　また、振袖《ふりそで》でも燃《も》え落ちてきましたか？」

「まあ、燃《も》え落ちてきたかどうかはわかりやせんが……。」

と雷蔵《らいぞう》が答えたところで、横から小桜《こざくら》が口をはさんだ。

「だって、このあいだの付け火の下手人《げしゅにん》はつかまったんでしょう？」

「さようで。いっときの踊《おど》り狂《ぐる》いはおさまったんですが、まだ、お取り調べもできないほど、ぼうっとしておりましてね、三人とも。」

「それじゃあ、また別の下手人《げしゅにん》が付け火をしたの？」

「きのうの火事が付け火だとすると、まあ、そういうことになるでしょうが……。」

と言って、雷蔵《らいぞう》が茶碗《ちゃわん》を卓《たく》においたところで、佐久次《さくじ》が言った。

「それじゃあ、親分。だれかまた別のやつが付け火をはじめたってことですか。それで、どうやって?」

すると、雷蔵《らいぞう》はふところから、豆しぼりの手ぬぐいを出し、卓《たく》の上におくと、そっと開いた。

中には、てのひらくらいの大きさの、藍染《あいぞ》めの布《ぬの》が一枚《まい》入っていた。

布《ぬの》には焦《こ》げたあとがある。焦《こ》げていないところは、はさみで切りそろえてある。

「ちょっといいですか?」

佐久次《さくじ》がそう言って、手ぬぐいごとその布《ぬの》をつかみ、鼻に近づけた。

「油のにおいがしますね。ってことは、やはり、付け火にこれが使われたってことでしょうか。」

そう言って、佐久次《さくじ》が雷蔵《らいぞう》の前に手ぬぐいを返すと、雷蔵《らいぞう》はうなずいた。

「おそらく、そうでしょう。これは、火事場近くでうちの子分が見つけたんですがね。だけど、これが落ちていたのは、寺の境内《けいだい》じゃないんで。塀《へい》の外なんで。」

「寺の塀《へい》の外ってことで？」

「さようで。もし、下手人《げしゅにん》がこの布《ぬの》を使って付け火をしたなら、火が本堂に燃《も》えうつったところで、こいつを火の中に投げこんでしまえばいいわけで。それをわざわざ寺の外まで持っていき、そこで捨《す》てるたあ、妙《みょう》でしょう。」

「たしかに妙《みょう》だ。ですが、燃《も》えている本堂に投げこんだのが、布《ぬの》が燃《も》えつきるまえに、煙《けむり》にのって、外に飛ばされたってことは……。」

佐久次《さくじ》はそこまで言って、自分でそれを否定《ひてい》した。

「いや、それはないか。布《ぬの》を吹《ふ》き飛《と》ばすくらい、煙《けむり》に勢《いきお》いがあるなら、火だってかなりのものだ。たちまち、こんなきれは灰《はい》になる。」

「あっしもそう思うんで。付け火に使ったあと、火の中に投げこんだんなら、布《ぬの》きれだって、すっかり燃《も》えちまうはずなんで。なにしろ、本堂はまる焼けですからね。どうして、こんなものが寺の近くにあったのか、それがわからなくてね。番頭《ばんとう》さんのご意見をうかがいにきたってことで。」

「意見なんて、そんな上等なものは、薬屋の番頭《ばんとう》にあるわけありませんよ。」

佐久次《さくじ》がそう言うと、雷蔵《らいぞう》は、ふっと鼻で笑って、

「また、そんな……。」

とつぶやいた。そして、

「これ、おあずけしますから、旦那様《だんなさま》にも見ていただいてもらえませんかね。」

と言った。

すると、佐久次《さくじ》は、

「うちの旦那《だんな》だって、こういうことには、あんまりくわしくないけどねえ……。」

と、いちおうそうは言ったが、すぐに、

「ですが、そういうことなら、おあずかりいたしましょう。」

と言って、手ぬぐいを引きよせ、ていねいにたたんで、ふところに入れた。

「それじゃあ。」

と雷蔵《らいぞう》が釜屋《かまや》から出ていったところで、小桜《こざくら》は佐久次《さくじ》に言った。

「でも、今度のは振袖《ふりそで》火事じゃないよ。せいぜい小袖《こそで》火事か、浴衣《ゆかた》火事ってとこじゃない？」

「それ、どういうことで?」

と言って、小桜《こざくら》の顔を見た佐久次《さくじ》に小桜《こざくら》は答えた。

「見ただけで、それが絹《きぬ》じゃないってわかる。振袖《ふりそで》だったら絹《きぬ》よ。そのきれ、木綿《もめん》でしょ。」

「なるほど。姫《ひめ》も、伊達《だて》に着道楽《きどうらく》はしていないってことですね。」

「何、それ。いやみ?」

「いえ、けっして。」

「浴衣《ゆかた》だとしたら、芸者さんが着ていたのかな。それで、お坊《ぼう》さんと本堂で火遊びをしているうちに、燃《も》えちゃったとか?」

小桜《こざくら》がきのうの話をぶりかえそうとすると、佐久次《さくじ》は、

「姫《ひめ》っ!」

と言って、小桜《こざくら》をにらみつけたが、その目は笑っていた。

「なんだか、おもしろそうなのに……。」

小桜《こざくら》はそう言って、佐久次《さくじ》の顔をのぞきこんだが、佐久次《さくじ》は、

「もう、その話はしませんよ。」

と言って、立ちあがった。

それから小桜《こざくら》と佐久次《さくじ》はいったん道に出て、近江屋《おうみや》にもどった。

佐久次《さくじ》に見せられた布《ぬの》を見て、一郎兄《いちろうあに》は首をかしげ、雷蔵《らいぞう》と同じことを言った。

「だが、付け火に使われたのなら、燃《も》えつきているだろう。」

たしかに、本堂に火をつけるために使った布《ぬの》なら、本堂ごと燃《も》えてしまっているはずなのだ。

一郎兄《いちろうあに》はしばらくその布《ぬの》を表から見たり、裏返《うらがえ》したり、においをかいだりしていたが、
やがてそれを佐久次《さくじ》に返し、

「寺が燃《も》えたのが付け火によるものだとしたら、上方《かみがた》の材木の買《か》い占《し》めのこともあるから、油断《ゆだん》はできぬな。」

と言った。

九段 ✿ 新月《しんげつ》

寺の火事があった日から、何日も晴れの日がつづいた。

夜遅《おそ》くなり、町の木戸《きど》が閉《し》まると、小桜《こざくら》は半守《はんす》をつれて、外に術《じゅつ》の稽古《けいこ》に出た。

小桜《こざくら》はこれを夜遊びと言ってる。

城《しろ》で三郎兄《さぶろうあに》と稽古《けいこ》をすると、走ったり、跳《と》んだり、とんぼをうったり、手裏剣《しゅりけん》を投げたり、あれやこれやを三郎兄《さぶろうあに》に合わせてやらねばならない。それはかなりきつく、とくに剣《けん》術《じゅつ》の稽古《けいこ》は三郎兄《さぶろうあに》あいてに、へとへとになるまでやらされるので、たまったものではない。

だいたい、三郎兄《さぶろうあに》は小桜《こざくら》を女としてはまったくあつかわず、小桜《こざくら》が女の着物を着ているときでさえ、まわりによその者がいなければ、小桜《こざくら》を四郎《しろう》と呼《よ》ぶ。

同じ兄《あに》でも、一郎兄《いちろうあに》と三郎兄《さぶろうあに》では、まるでちがうのだ。

きびしい稽古《けいこ》をもとめる三郎兄《さぶろうあに》のいない、夜の江戸《えど》の町での稽古《けいこ》。それは、ひとり稽古《げいこ》で、自分かってにできるから、気楽でもあり、また楽しくもある。とはいえ、それも、近江屋《おうみや》にいると、さぼりがちになる。

いくら夜の稽古《けいこ》が楽しいといっても、相模屋《さがみや》で反物《たんもの》を見ているときほどではない。夜の稽古《けいこ》も、月が出ていると、とりわけ気分がいい。

小桜《こざくら》は月夜が大好きだった。

いつか、一郎兄《いちろうあに》が四百年近くもまえの書物のことを小桜《こざくら》に話してくれたことがあり、そのとき、

「『花は盛《さか》りに、月は隈《くま》なきのみを見るものかは』と言ってな。桜《さくら》は満開ばかりがよくて、月は満月ばかりがいいわけではないのだ。」

と言っていた。

七分咲《しちぶざ》きくらいの桜《さくら》もきれいだけど、満開の花にはかなわないし、三日月や十三夜の月も、なかなかすてきだけれど、満月には勝てない。

そのとき、小桜《こざくら》はそう思ったたし、今もそう思っている。

その話が出たとき、あいてが三郎兄《さぶろうあに》なら、

「おれはそうは思わない。そんなことを言うのは、気どっているやつだ。」

と男言葉で言いかえしただろうが、言ったのが一郎兄《いちろうあに》となると、

「わたしもそう思う。月なんか、あしたが満月なんていうときがいちばん。あ、それより、きのうが満月だったときのほうがいいかしら。」

などとしおらしく答えた。

すると、一郎兄《いちろうあに》は機嫌《きげん》よく、

「小桜《こざくら》も、おとなになったな。」

とつぶやいたのだ。

ともかく、月夜には、何か気持ちのよい胸《むな》さわぎがする。

花は満開、月は満月！

小桜《こざくら》にはそうなのだ。

ところが満月どころか、暦《こよみ》の月がかわり、新月で、晴れた空にかがやいているのは星だけという夜、ここ毎日しているように、小桜《こざくら》は半守《はんす》と近江屋《おうみや》を出た。そして、外堀《そとぼり》を右まわりにぐるりとまわり、赤坂御門《あかさかごもん》近く松平出羽守《まつだいらでわのかみ》の上屋敷《かみやしき》にしのびこんだ。

そのあたりは大大名《だいだいみょう》の屋敷《やしき》が多く、堀《ほり》と、それにつづく溜池《ためいけ》ぞいには、ずらりと寺がならび、その東側には日吉山王《ひよしさんのう》がひかえている。

つまり、日が暮《く》れてしまえば、人通りがとだえるところなのだ。

そうはいっても、溜池《ためいけ》の西側には赤坂の町があるから、そちらに行けば、夕涼《ゆうすず》みをしている町人たちの姿《すがた》がちらりほらりと見られる。しかし、それも木戸《きど》が閉《し》まるまでで、夜中になれば、溜池《ためいけ》につづく堀《ほり》のこちら側にも、むこう側にも、人っ子ひとりいなくなる。

もし、うろうろと歩いている者がいるとすれば、それは盗賊《とうぞく》か忍《しの》びくらいのものだろう。

生類憐《しょうるいあわれ》みの令《れい》で、町によっては、野犬がたむろしてるところもある。

道をはさんで屋根から屋根にうつるため、小桜《こざくら》だと、いったん道におりなくてはならないとき、半守《はんす》はひと跳《と》びで、屋根から屋根に跳《と》びうつってしまう。

それから、犬は鼻がよいから、たとえ闇夜《やみよ》でも、犬どうしがすれちがえば、たがいに気づく。だが、半守《はんす》はほかの犬のすぐ近くに行っても、ほとんど感づかれないのだ。

まさか、においを消すことまではできないだろうし、小桜《こざくら》はそれが不思議でならない。

松平出羽守綱近《まつだいらでわのかみつなちか》は松江藩主《まつえはんしゅ》であり、むろん、松平姓《まつだいらせい》を名のる親藩藩主《しんぱんはんしゅ》だ。だから、松江《まつえ》藩《はん》は橘北家《たちばなほっけ》のおつとめの領域《りょういき》ではない。橘南家《たちばななんけ》としても、松平姓《まつだいらせい》の大名屋敷《だいみょうやしき》には、事件《じけん》がなければ入らないから、北家《ほっけ》の者と南家《なんけ》の者がばったり出くわすこともない。

大大名《だいだいみょう》の屋敷《やしき》の敷地《しきち》は広く、木も多く、池などもあり、稽古場《けいこば》としては最適《さいてき》だ。しかも、美しい。

ときどき、北家《ほっけ》と南家《なんけ》のおつとめがかわればいいと思うことがある。南家《なんけ》のおつとめのあいては親藩《しんぱん》や譜代《ふだい》の大名《だいみょう》で、大大名《だいだいみょう》が多い。そのてん、北家《ほっけ》のあいては外様大名《とざまだいみょう》で、たしかにその中には、薩摩《さつま》の島津家《しまづけ》や仙台《せんだい》の伊達家《だてけ》や加賀《かが》の前田家などの大大名《だいだいみょう》もいるにはいる。だが、たいていは五万石《ごく》だの四万石《ごく》だのの小大名《しょうだいみょう》で、大名《だいみょう》とは名ばかりで、貧乏《びんぼう》くさいったらない。参勤《さんきん》交代もやっとしているくらいだから、庭に白い玉砂利《たまじゃり》などまるでなく、庭に小さな土がもりあがっているから、なんだと思うと、もぐらの穴《あな》だったりするのだ。

それを考えても、夜遊びは外様大名《とざまだいみょう》の屋敷《やしき》は好ましくない。

それはともかく、その夜、小桜《こざくら》には試してみたいことがあった。

右のふくらはぎの外側につけている、もみじのかんざしが武器《ぶき》として使えるかどうかだ。

むろん、かんざしの先はするどく研いである。鋼《はがね》でできた手裏剣《しゅりけん》ほど強くはないが、あいての急所をつけば、致命傷《ちめいしょう》をあたえることができる。

問題は、どのようにして、脚絆《きゃはん》からそれをはずすかであり、脚絆《きゃはん》の内側につけていたのでは、取り出しにくい。かといって、脚絆《きゃはん》の外側に紐《ひも》でくくりつけたのでは、はずれて、落ちやすい。

そこで、小桜《こざくら》はいろいろ工夫し、紐《ひも》一本引くだけで脚絆《きゃはん》が半分はずれるように細工をした。そうすれば、かんざしをはずしやすくなる。

近江屋《おうみや》の庭の稽古《けいこ》では、小桜《こざくら》は、しゃがんだあと、ほとんど一瞬《いっしゅん》でかんざしを取ることができるようになった。

だが、それはあくまで庭、つまりたいらな地面の上でだ。木の上では、つごうよくしゃがむのがむずかしいこともある。

それで、枝《えだ》の上に立ち、左手でほかの枝《えだ》をつかみ、右ひざをあげたかっこうで脚絆《きゃはん》を半はずしにして、かんざしを取る稽古《けいこ》をしたかったのだ。

近江屋《おうみや》の庭には、そんな大木はない。

そのてん、大大名《だいだいみょう》の屋敷《やしき》には樹齢《じゅれい》数十年などという木がいくらでもある。

小桜《こざくら》は出羽守《でわのかみ》の屋敷《やしき》の塀《へい》近くの太い松の木にのぼり、その稽古《けいこ》を何度もくりかえした。

そして、ようやく地面でするのと同じくらいの速さで、脚絆《きゃはん》を見ずに、かんざしを脚絆《きゃはん》から出すことができるようになったあと、今度は、左手一本で枝《えだ》からぶらさがり、足を枝《えだ》にのせないで、やってみることにした。

小桜《こざくら》は高い枝《えだ》までのぼり、そこから跳《と》んで、ほかの枝《えだ》に両手でつかまった。

敵《てき》がいないときなら、脚絆《きゃはん》の紐《ひも》を引くのに、脚絆《きゃはん》を見てできるが、もし敵《てき》がいれば、自分のふくらはぎなど見てはいられない。手さぐりで、あるいは勘《かん》にたよって、脚絆《きゃはん》の紐《ひも》を引くのだ。

そこで、小桜《こざくら》はわざと脚絆《きゃはん》を見ないようにして、枝《えだ》にぶらさがった。そうなると、視線《しせん》は自然に遠くにむく。

月は出ていなくとも、晴れた夜空には、天《あま》の川《がわ》ほか、満天《まんてん》の星がひろがっている。

夜空の美しさに、小桜《こざくら》はため息をついた。

そのとき、小桜《こざくら》は南をむいていた。

足下の出羽守《でわのかみ》の庭のとなりに、土井大隅守《どいおおすみのかみ》の屋敷《やしき》、そのむこうが岡部筑前守《おかべちくぜんのかみ》の屋敷《やしき》、そしてそのむこうに、日吉山王《ひよしさんのう》の森が黒々《くろぐろ》と横たわっている。

一度、真下に目をやると、半守《はんす》がこちらを見あげているのが見えた。

それからゆっくり視線《しせん》をあげていき、ころあいを見はからって、右手を枝《えだ》からはずす。

右脚《みぎあし》のひざをすっとあげ、右手で脚絆《きゃはん》の紐《ひも》を引こうと……したとき、日吉山王《ひよしさんのう》の庭で何かが光った。

光って、すぐに消えた。

「ん……。」

と小桜《こざくら》は右手を枝《えだ》にもどし、両手で枝《えだ》にぶらさがったまま、光が見えたほうに目をこらした。

すると、また光った。

なんだ、蛍《ほたる》か……。

一瞬《いっしゅん》そう思ったが、そのあたりに、池があっただろうか？

水のないところに蛍《ほたる》はいない。

それではなんだ、あの光は……？

小桜《こざくら》は懸垂《けんすい》をして枝《えだ》の上にあがり、幹《みき》につかまり立ちした。

光はもう消えていた。

だが、三度目にまた光ると、それは、ほとんど垂直《すいちょく》に、ゆっくりと夜空にあがっていった。

風は東から西に吹《ふ》いている。

吹《ふ》いているといっても、梢《こずえ》をゆするほどではない。

微風《びふう》だ。

光は小桜《こざくら》の目の高さくらいまでまっすぐにあがり、まるでその微風《びふう》にのったかのように、東から西に、小桜《こざくら》から見れば左から右に、かすかに上下しながら動いていく。

光が堀《ほり》をわたった。

小桜《こざくら》は人魂《ひとだま》というものを見たことがない。

見たという者の話では、人魂《ひとだま》は橙色《だいだいいろ》か赤か、さもなければ青いということだった。そして、尾《お》を引いて、さかんに上下しながら、飛んでいくという。だいたい地面近くを飛び、

せいぜい二階の屋根までくらいしかあがらないという。

だが、堀《ほり》をわたっていく光は、ときどき青く見えることもあったが、それは青いというより、弱いというふうで、何よりそれは尾《お》など引いていない。しかも、その高さは二階の屋根などというものではない。それよりずっと高い。

大きさは、おそらく太い蠟燭《ろうそく》の火くらいではあるまいか。

いちばん近いものといえば、蛍《ほたる》や人魂《ひとだま》ではなく、提灯《ちょうちん》だ。

提灯《ちょうちん》なら、張《は》ってある紙によって、明かりの色がかわる。赤い提灯《ちょうちん》なら赤、白い提灯《ちょうちん》なら白というふうに。

もし、それが提灯《ちょうちん》だとすれば、紙の色は黒とか濃《こ》い紺色《こんいろ》とかだろう。

しかし、もともと提灯《ちょうちん》は明かりなのだ。黒や紺《こん》の紙を張《は》ったのでは、明かりとしての用をなさない。

だとすれば、それは提灯《ちょうちん》ではない。

それに何より、提灯《ちょうちん》は空を飛ばない。

とにかく、そこにいたのでは、光の正体はわからない。

小桜《こざくら》は枝《えだ》づたいに下におりると、半守《はんす》に言った。

「おかしな光が日吉山王様《ひよしさんのうさま》の境内《けいだい》から空にあがっていき、堀《ほり》をわたった。見にいこう！」

半守《はんす》は西の空を見あげた。

小桜《こざくら》もそちらを見あげた。

だが、そこからでは、夜空しか見えない。

「行こっ！」

小桜《こざくら》が走りだした。

あとからかけだした半守《はんす》がたちまち小桜《こざくら》を追いこす。

出羽守《でわのかみ》の屋敷《やしき》の西側の塀《へい》をのりこえると、半守《はんす》が斜面《しゃめん》をかけくだっていくのが見えた。

西の空を見ると、光はすでに堀《ほり》をわたり、南北にのびる町屋《まちや》の上を横切ろうとしている。

ころがるようにして、小桜《こざくら》は斜面《しゃめん》をくだり、堀《ほり》の水に跳《と》びこむ。

半守《はんす》はとっくに堀《ほり》を泳ぎきり、むこう岸で、体をふって、水をきっている。

なんだか、それがじれったそうに小桜《こざくら》を待っているように見えなくもない。

小桜《こざくら》が堀《ほり》を泳ぎわたると、半守《はんす》がふたたびかけだした。

町屋《まちや》の屋根のむこうに、光がただようようにして浮《う》いている。

ぬれた体のまま、町屋《まちや》の低い軒《のき》にとびつき、懸垂《けんすい》をして屋根にあがる。

そこからさきは武家屋敷《ぶけやしき》だ。

光は小桜《こざくら》のななめ左方向をゆっくり西に動いている。

大きな屋敷《やしき》の上で、光が止まった。

小桜《こざくら》は頭の中で、江戸《えど》の絵図面をひろげる。

「あそこは相良越前守《さがらえちぜんのかみ》の屋敷《やしき》か……。」

小桜《こざくら》がひとりごとを言うと、足元で声がした。

「いや。松平安芸守《まつだいらあきのかみ》の屋敷《やしき》だ……。」

声のほうに目をやると、半守《はんす》が光のほうを見ている。

止まった光がふたたび動きだした。だが、一瞬《いっしゅん》ののち、光が大きくなった。

近くで見たわけではないので、たしかな大きさはわからないが、それは手毬《てまり》ほどではないだろうか。

大きくなると同時に、下に落ちはじめた。

揺《ゆ》れることもなく、まっすぐに落ちていく。
まわりに、ハラハラと火の粉が飛んでいる。
火の粉が闇《やみ》にすいこまれる。
落ちていく光が屋敷《やしき》の庭に消えた。
パンと何かがはじけるような音がした。
その直後、光が落ちたあたりで火の手があがった。
見にいかなきゃ……。
小桜《こざくら》は町屋《まちや》の屋根づたいに南に走りだした。
少し走って、小道をはさんだ右の町屋《まちや》の屋根にうつる。
町屋《まちや》が終わったところに、小さな寺があり、その南側が火の落ちた屋敷《やしき》だ。
町屋《まちや》の屋根から、寺の墓地《ぼち》に跳《と》びおりたとき、屋敷《やしき》のほうから騒《さわ》ぎ声《ごえ》が聞こえてきた。
屋敷《やしき》の者たちが火に気づき、消そうとしているにちがいない。
墓地《ぼち》から寺の庫裡《くり》の裏《うら》にまわり、屋根にあがると、屋敷《やしき》の庭が見えた。
まだ、騒《さわ》ぎは聞こえたが、もう火は見えなかった。

すでに、消されてしまったのだろう。

寺の住職《じゅうしょく》たちは、騒《さわ》ぎに気づかず、寝《ね》しずまっているようだ。

小桜《こざくら》は屋根からおり、屋敷《やしき》とのさかいになっている白い塗《ぬ》り塀《べい》にむかった。

ところが、その小桜《こざくら》に立ちはだかった者がいた。

人ではない。半守《はんす》だ。

半守《はんす》はかすかに首を左右にふっている。

「なんだ、半守《はんす》。どいてくれ。」

小桜《こざくら》が小さな声でそう言うと、半守《はんす》の口から音がもれた。

「安芸守《あきのかみ》は松平《まつだいら》だ……。」

「ちっ……。」

小桜《こざくら》は舌打《したう》ちした。

何も事件《じけん》が起こっていないなら、親藩《しんぱん》や譜代《ふだい》の大名屋敷《だいみょうやしき》はいい遊び場所だ。だが、何かことが起こった、または起こっているとなると、事情《じじょう》は一転する。

親藩《しんぱん》、譜代《ふだい》の大名《だいみょう》の監視《かんし》は橘南家《たちばななんけ》のおつとめだ。

北家《ほっけ》の忍《しの》びがうろつくべき場所ではないのだ。

しかも、火が落ちてから、騒《さわ》ぎになるまでが早かった。

安芸守《あきのかみ》の屋敷《やしき》では、庭にも不寝番《ふしんばん》をおいているのだろう。

「しかたがない。帰ろう。」

小桜《こざくら》は安芸守《あきのかみ》の屋敷《やしき》とは反対側の塀《へい》にむかって歩きだした。

十段 ✿ 天燈《てんとう》

城《しろ》の南側、外堀《そとぼり》にそって歩いているうちに、体が冷えてきた。泳いで、堀《ほり》の水につかったのだから、無理もない。右手に大名屋敷《だいみょうやしき》や武家屋敷《ぶけやしき》を見ながら進んでいくと、やがて、町屋《まちや》に入る。

小桜《こざくら》は近江屋《おうみや》にもどると、まず庭の井戸端《いどばた》で着物を脱《ぬ》ぎ、井戸水《いどみず》で体をきよめた。

半守《はんす》は庭のすみに行くと、そこにすわって、小桜《こざくら》に背中《せなか》をむけている。

「べつに見てもいいよ。」

体に水をかけながら、小桜《こざくら》は半守《はんす》に声をかけたが、半守《はんす》はふりむきさえしない。

体をきよめ、ぬれた裸《はだか》で台所に行くと、店の帳場《ちょうば》のほうから話し声が聞こえた。

「ただいまもどりました。」

小桜《こざくら》は店にむかって声をかけ、明かりのついていない階段《かいだん》をトントンとかけあがり、浴衣《ゆかた》を着て下におりた。

帳場《ちょうば》で、一郎兄《いちろうあに》がこちらをむいてすわっていた。そのとなりで佐久次《さくじ》が横顔を見せている。

もうひとり、こちらに背《せ》をむけている男がいる。

肩幅《かたはば》が広く、浴衣《ゆかた》を着ている。

小桜《こざくら》が店に入ると、男がふりむいた。

次郎兄《じろうあに》だ。

顔かたちの美しさでは、三郎兄《さぶろうあに》がいちばんで、次が一郎兄《いちろうあに》。次郎兄《じろうあに》の顔はふたりほどではないが、それでも、ときどき町で女たちがふりむくほどではある。だが、ふりむかれる理由は顔より、体つきにあるのかもしれない。全身筋肉《きんにく》というふうで、ぜい肉などまるでない。

次郎兄《じろうあに》は小桜《こざくら》を見ると、

「半年見ないうちに、ずいぶん大きくなったな。」

と言った。

小桜《こざくら》は、

「おかえりなさい、兄上《あにうえ》。三郎兄上《さぶろうあにうえ》はいっしょじゃなかったのですか？」

と言い、次郎兄《じろうあに》のとなりにすわった。

「平川門《ひらかわもん》で別れた。さきに屋敷《やしき》にもどらせたのだ。あれこれ、父上に報告《ほうこく》するためにな。それより、おまえに土産《みやげ》があるぞ。」

次郎兄《じろうあに》は浴衣《ゆかた》のたもとから小さな紙づつみを出し、それを小桜《こざくら》にわたした。

つつみを開くと、細い竹でできた小さな笛のようなものが出てきた。

「笛？」

と言って、次郎兄《じろうあに》の顔を見ると、次郎兄《じろうあに》は言った。

「ここに犬がいると三郎《さぶろう》に聞いて、飛騨《ひだ》で買いもとめてきたのだ。それは犬笛《いぬぶえ》といって、吹《ふ》いても、人が聞こえる音は出ない。犬にしか聞こえぬのだ。そのかわり、あたりが静かで、風がなければ、半里はとどく。」

「ふうん……。」

と言って、小桜《こざくら》がそれを口にくわえ、吹《ふ》こうとすると、次郎兄《じろうあに》がそれをとめた。

「よせ、よせ。こんなところで吹《ふ》いたら、近所の犬が集まってくる。今もここにくるまでに、あちこちで野犬《やけん》がたむろしていた。」

これは半守《はんす》を呼《よ》ぶときに使える。

小桜《こざくら》がそう思って、その犬笛を見ていると、一郎兄《いちろうあに》が言った。

「庭で水をかぶる音が聞こえたが、今夜は水練でもしてきたか。」

「水練ってわけじゃないけど、堀《ほり》を泳いでわたったから……。」

そう言って、小桜《こざくら》は今夜見たことを話した。

話を聞き終わると、佐久次《さくじ》が言った。

「つまり、日吉山王《ひよしさんのう》から提灯《ちょうちん》が空をあがっていき、それが堀《ほり》をわたって、安芸守様《あきのかみさま》のお屋敷《やしき》に燃《も》えおち、火事になりかかったと、そういうことでしょうかね。」

「ええ。」

小桜《こざくら》がうなずくと、佐久次《さくじ》は一郎兄《いちろうあに》の顔をちらりと見て、言った。

「惣領《そうりょう》。また、そいつは狐火《きつねび》だなんておっしゃるんじゃないでしょうね。」

すると、一郎兄《いちろうあに》は、

「そんなことは言わぬ。だいたい、狐火《きつねび》はそのような飛びかたはせぬ。狐火《きつねび》というものは、いくつもの火が横にひろがり……。」

と言いかけたが、佐久次《さくじ》に言葉をさえぎられた。

「狐火《きつねび》でないということは、別のものということで。ですが、提灯《ちょうちん》が空を飛ぶっていうのも妙《みょう》なことですね。」

すると、次郎兄《じろうあに》が意外なことを言った。

「いや、提灯《ちょうちん》も、ものによっては飛ばぬこともない。」

それから、次郎兄《じろうあに》は一郎兄《いちろうあに》に言った。

「兄上《あにうえ》。さきほどもうしておられた寺の火事というのは、今、小桜《こざくら》が、いや、四郎《しろう》が見てきたものと同じ仕掛《しか》けでは?」

「同じ仕掛《しか》けとはどういうことだ。その、空を飛ぶ提灯《ちょうちん》というやつか?」

一郎兄《いちろうあに》は真顔だったが、佐久次《さくじ》は、

「また、そんな……。」

と疑《うたが》わしそうな顔をした。

次郎兄《じろうあに》が佐久次《さくじ》に、

「筆と紙を持ってこい。」

と言うと、佐久次《さくじ》が筆と紙、それから墨《すみ》とすずりを用意してきた。そして、手早く墨《すみ》をすり、筆を次郎兄《じろうあに》にわたした。

次郎兄《じろうあに》は自分の前に紙をおき、

「大きさは盆提灯《ぼんぢょうちん》よりいくらか大きく、このような形で……。」

と言いながら、上が広く、下が狭《せま》い提灯《ちょうちん》のようなものを描《か》いた。

描《か》きあがって、次郎兄《じろうあに》が、

「提灯《ちょうちん》とちがうのは、取っ手がないことと、それから、上がふさがっていることです。蠟《ろう》燭《そく》ではなく、中に油の皿があり、それに火をつけると……。」

とそこまで言うと、佐久次《さくじ》がさきほどまでとはうってかわったまじめな顔で言った。

「なるほど。提灯《ちょうちん》の中で温められた空気が上に抜《ぬ》けずに、提灯《ちょうちん》を上に押《お》しあげて、それで提灯《ちょうちん》が飛ぶってことですか。これは、うまいこと、考えましたね。」

次郎兄《じろうあに》はうなずいて、

「そうだ。去年、薩摩《さつま》に行ったおりに、唐《とう》からきていた僧《そう》が寺でこれを飛ばしていた。昼間だったが、かなり高くまで飛んで、それから落ちてきたが、どこに落ちたかはわからない。唐《とう》の僧《そう》が寺の住職《じゅうしょく》に何か言い、地面にこう書いていた。」

と言い、筆で絵の横に、〈天燈《てんとう》〉と書いた。

「天燈《てんとう》か。」

一郎兄《いちろうあに》はそうつぶやいてから、言った。

「たしかに、これなら空を飛ぶ。大きなものを作り、火もそれなりに強くすれば、爆破丸《ばくはがん》くらいなら、中に仕込《しこ》めるな。」

爆破丸《ばくはがん》というのは火薬が仕込《しこ》まれた玉で、小さなものは子どものにぎりこぶしくらい、大きなものになると、手毬《てまり》くらいの大きさがある。導火線《どうかせん》がついており、その導火線《どうかせん》が短ければ、火をつけてすぐに爆発《ばくはつ》するが、長くすれば、それだけ点火に時間がかかる。どこかに忍《しの》びこみ、そこを爆破《ばくは》してくるときなどに使う。だが、小さなものでは破壊力《はかいりょく》がなく、大きなものは持ち運びが不便なので、あまり使われることはない。

絵を見ながら、小桜《こざくら》が言った。

「つまり、その天燈《てんとう》っていうやつの中に、導火線《どうかせん》に火のついた爆破丸《ばくはがん》を入れ、その天燈《てんとう》の火が消えて、冷えて下に落ちるころに爆破丸《ばくはがん》に火がつくように、導火線《どうかせん》の長さを調節しておくってこと？」

「だいたいは、そんなところだろう。」

次郎兄《じろうあに》は紙の横に筆をおき、腕《うで》をくんでそう言った。

だれにたずねるともなく、小桜《こざくら》は言った。

「じゃあ、焼けたお寺の近くで見つかった木綿《もめん》のきれはしは、天燈《てんとう》のどこかの燃《も》えのこりかな？」

「そういうことになるな。」

一郎兄《いちろうあに》はそう言って、しばらくだまって絵を見つめていたが、やがて次郎兄《じろうあに》の顔を見て言った。

「たしかに、つじつまは合う。付け火をする場所がどこでもいいというなら、これで、火をつけることはできよう。だが、どこかを狙《ねら》って火をつけるのはむずかしい。どこに飛ぶか、風しだいではな。それに、この天燈《てんとう》とやらが落ちたところが地面であったり、瓦屋根《かわら》

であったりすれば、なかなか火事にはならないのではないか。」

「さようでございますな。それに、ただ付け火をすればいいだけなら、こんなに手のこんだことはせずとも、目あての家に油をかけ、火をつければすみます。」

それきりみながだまってしまったので、小桜《こざくら》は次郎兄《じろうあに》にたずねた。

「兄上《あにうえ》。今度はいつまで江戸《えど》にとどまれるのですか。」

すると、次郎兄《じろうあに》は一郎兄《いちろうあに》の顔をちらりと見た。

答えていいものかどうか、一郎兄《いちろうあに》に目できいたのだ。

一郎兄《いちろうあに》が小さくうなずくと、次郎兄《じろうあに》が言った。

「あす、城《しろ》の屋敷《やしき》に行き、父上にご挨拶《あいさつ》もうしあげたら、夕刻《ゆうこく》には江戸《えど》をたつ。このたびのおつとめのうち、おれのなすべきことは終わった。」

「もう次のおつとめ?」

「そうだ。」

と次郎兄《じろうあに》は答えたが、どこへ行くとは言わない。小桜《こざくら》もそれはたずねない。

そのかわり、小桜《こざくら》はため息をついて言った。

「いったい、兄上《あに》は一年のうち、何日、江戸《えど》にいられるのかしら。」

次郎兄《じろうあに》はそれには答えず、

「おお、そうだ。おまえ……。」

と声をあげて、小桜《こざくら》に言った。

「三郎《さぶろう》が言うには、おまえは、あとをつけられても、なかなか気づかないそうだな。歩くとき、もっとあたりに気をくばるよう、おれからもよく言ってくれと言っておったぞ。」

「なにも兄上《あにうえ》に言いつけることはないのに。」

小桜《こざくら》がそう言うと、一郎兄《いちろうあに》が言った。

「小桜《こざくら》。そういうときは、ちょっと、ほほをふくらませるのだ。」

それには、次郎兄《じろうあに》もすぐに賛成《さんせい》した。

「そうだ。少しほほをふくらませるといい。」

なぜかはわからぬまま、小桜《こざくら》がふたりの兄《あに》の言うとおり、ほほをぷっとふくらませると、
横で佐久次《さくじ》が口をはさんだ。

「姫《ひめ》。それじゃあ、フグです。」

一郎兄《いちろうあに》と次郎兄《じろうあに》がいっしょに笑った。

一郎兄《いちろうあに》が言った。

「何か気にそわぬことを言われたら、すねたふりをして、少しほほをふくらませると、かわいらしく見える。尾行《びこう》に気をつけることも大切だが、くのいちにとっては、そういうしぐさを学ぶことのほうがだいじだ。」

次郎兄《じろうあに》がうなずいて、小桜《こざくら》の顔を見た。

「おれもそう思う。だいたい三郎《さぶろう》はおまえのことを妹ではなく、弟だと思っているのではないか。」

「どうもそのようで……。」

佐久次《さくじ》がそう言うと、また一郎兄《いちろうあに》と次郎兄《じろうあに》が笑った。

その夜、小桜《こざくら》は二階の座敷《ざしき》で、次郎兄《じろうあに》とふとんをならべて寝《ね》た。

十一段✿幕《まく》切《ぎ》れ

朝、小桜《こざくら》が目ざめると、すでにとなりのふとんはたたまれ、次郎兄《じろうあに》の姿《すがた》はなかった。まだ店を開けるには少し間《ま》がありそうなので、小桜《こざくら》は丁稚《でっち》のかっこうではなく、小袖《こそで》を着て、店におりていった。

佐久次《さくじ》はおらず、帳場《ちょうば》で一郎兄《いちろうあに》がひとりの手代《てだい》に何か指図をしている。朝鮮人参《ちょうせんにんじん》がどうとか言っていたので、おつとめのことではなく、商売の話なのだろう。

小桜《こざくら》は一郎兄《いちろうあに》にたずねた。

「次郎兄上《じろうあにうえ》は？　それから、佐久次《さくじ》の姿《すがた》が見えないけど。」

帳簿《ちょうぼ》に目を落としていた一郎兄《いちろうあに》が顔をあげた。

「次郎《じろう》と佐久次《さくじ》は城《しろ》に行った。」

「きのう、次郎兄上《じろうあにうえ》は父上のところに行くって言ってたけど……。」

とつぶやいてから、小桜《こざくら》は、

「佐久次《さくじ》はどうして？」

とはきかない。

一度たずねて、答がなければ、何度きいても、答はない。

答えないのは知らせる気がないからだ。

忍《しの》びの世界では、仲間が何をしているか、知らないほうがいいときがある。

万一敵《てき》にとらえられ、責《せ》められても、知らないことは白状《はくじょう》できない。

次郎兄《じろうあに》は次のおつとめで、夕刻《ゆうこく》には旅立ってしまうそうだし、三郎兄《さぶろうあに》もきのうのうちに、城《しろ》の屋敷《やしき》にもどっている。そして、一郎兄《いちろうあに》は手代《てだい》と商売の話をしている。

いったい、大坂の材木商と両替商《りょうがえしょう》のことはどうなったのだろうか。

寺の火事のあと、一郎兄《いちろうあに》は、寺の火事が付け火によるものなら、上方《かみがた》の材木の買《か》い占《し》めのこともあるので、油断《ゆだん》はできないとか言っていたし、あの付け火と昨夜の安芸守《あきのかみ》の屋敷《やしき》の火事が同じ手口によるものなら、のんびりと朝鮮人参《ちょうせんにんじん》の話などしていていいのだろうか。

考えてみれば、きのうの晩《ばん》だって、ただ付け火をするだけなら、天燈《てんとう》のような手のこんだことをする必要はないということになって、付け火の話はそれで終わってしまった。

たずねても、くわしいことを教えてもらえるかどうか、それはわからないが、小桜《こざくら》は一《いち》郎兄《ろうあに》にきいてみることにした。

「兄上《あにうえ》。大坂の材木の買《か》い占《し》めのことは、どうなったの？」

「材木商の飛驒屋甚左衛門《ひだやじんざえもん》と両替商《りょうがえしょう》の越前屋《えちぜんや》なら、おそらく、もう大坂の町奉行所《まちぶぎょうしょ》の役人にとらえられているだろう。でなければ、次郎《じろう》も三郎《さぶろう》もまだ上方《かみがた》にいる。」

かんたんに答えてくれたが、答えようにふさわしく、あまりにも単純《たんじゅん》な答だ。

一郎兄《いちろうあに》のあたりまえのような返事に、かえって小桜《こざくら》は驚《おどろ》いた。

「えっ？　じゃあ、事件《じけん》は解決《かいけつ》しちゃったの？」

「まだぜんぶは終わっていないが、終わったも同じだな。」

一郎兄《いちろうあに》はそう言うと、帳簿《ちょうぼ》に目を落とし、手代《てだい》に言った。

「やはり、朝鮮人参《ちょうせんにんじん》がたりなくなるな。荷はいつとどく？」

手代《てだい》が答える。

「へい。一両日中にはとどくと思います。」

「わかった。」

と一郎兄《いちろうあに》が顔をあげると、それが合図だったかのように、手代《てだい》が店の土間《どま》におり、おもての戸を開けはじめた。

外の光がわっと入ってくる。

小桜《こざくら》は手代《てだい》がすわっていた場所に腰《こし》をおろすと、一郎兄《いちろうあに》に言った。

「それじゃあ、裏《うら》で手を引いてた大名《だいみょう》は？」

「それも次郎《じろう》と三郎《さぶろう》が大坂でしらべあげてきた。飛驒屋《ひだや》にあてた書状《しょじょう》など、証拠《しょうこ》もそろっている。」

「証拠《しょうこ》があるなら、言いのがれはきかないだろうけど、いったい、だれだったの？」

「飛驒古川藩《ひだふるかわはん》二万石《ごく》、大木民部少輔定近《おおきみんぶのしょうさだちか》。今、参勤《さんきん》で江戸《えど》にいる。きのうは何もなかったようだが、けさ、登城《とじょう》したら、もう藩邸《はんてい》には帰れまい。夕刻《ゆうこく》には、別の大名《だいみょう》の屋敷《やしき》におあずけになり、日がしずむ前には切腹《せっぷく》だろう。」

大名《だいみょう》が江戸城内《えどじょうない》でとらえられると、他の大名《だいみょう》に身柄《みがら》をあずけられ、そこで切腹《せっぷく》というのがふつうだ。

あっけない幕切《まくぎ》れに、小桜《こざくら》は言葉が出ない。

一郎兄《いちろうあに》がつづけて言った。

「飛騨《ひだ》古川《ふるかわ》は、田などあまりない。二万石《ごく》などといっても、それは名目で、せいぜい一万五千というところだろう。だが、大名《だいみょう》は大名《だいみょう》だ。参勤《さんきん》交代はむろん、江戸《えど》では、ほかの大《だい》名《みょう》とのつきあいもある。」

「お金がかかるってこと？」

「そうだ。金はいくらあっても、たりはせぬ。古川藩《ふるかわはん》には、大坂の商人に多額《たがく》の借財《しゃくざい》がある。飛騨《ひだ》の産物は材木くらいしかない。それで、飛騨屋《ひだや》や越前屋《えちぜんや》とつるんで、手持ちの材木の値《ね》をあげるため、付け火をもくろんだのだ。」

「だけど、いくら飛騨《ひだ》だって、古川藩《ふるかわはん》が持っている材木はそんなに多くはないでしょ？」

「むろん、手持ちの材木だけでは、値《ね》があがっても、おまえの言うとおり、量にかぎりがある。そこで、ない金をふりしぼって、大坂の材木を買い占《かし》めようとした。それを次郎《じろう》にかぎつけられたということだな。」

「ふうん、そうだったの。」

「はじめは次郎《じろう》も、材木相場の動きを見て、材木を品薄《しなうす》にさせて、値《ね》をつりあげるという、ふつうに商人がすることだと思ったらしい。」

「商人がふつうにすることを商人がしていたのなら、どうして次郎兄上《じろうあにうえ》は古川藩《ふるかわはん》がおかしいと思ったのかしら。」

「そこだ。次郎《じろう》にとっては運がよく、古川藩《ふるかわはん》にとっては運が悪かった。西国《さいごく》のさる外様《とざま》の大藩《たいはん》のことを大坂でさぐっているうちに、次郎《じろう》は、大坂の飛騨屋《ひだや》から、古川藩《ふるかわはん》の国家老《くにがろう》が出てくるのをたまたま見てしまったのだ。」

「飛騨屋《ひだや》の主人は、店の名まえからして、飛騨《ひだ》の国の人なんじゃないかしら。それなら、飛騨《ひだ》の古川藩《ふるかわはん》の家老とは昔からの知り合いかもしれないし、だとしたら、家老が飛騨屋《ひだや》から出てきても不思議じゃないと思うけど。」

「おまえの言うとおり、飛騨屋《ひだや》の主人は飛騨《ひだ》の出だ。家老と甚左衛門《じんざえもん》は旧知《きゅうち》の仲かもしれぬ。だからといって、大名《だいみょう》の国家老《くにがろう》がわざわざ大坂まで出てくるのは奇妙《きみょう》だ。」

たしかにそれは一郎兄《いちろうあに》の言うとおりかもしれない。

だいたい国家老《くにがろう》というのは、大名《だいみょう》が参勤《さんきん》交代で江戸《えど》にいるとき、主人にかわって、藩《はん》の政《まつりごと》を取りしきる立場なのだ。飛騨《ひだ》と大坂はさほど遠くないとはいえ、わざわざ出むいていくのはおかしい。しかも、藩主《はんしゅ》が江戸《えど》にいるときなら、なおさらだ。

それにしても、大名《だいみょう》の国家老《くにがろう》が商人の家に入ったことだけで、何かあると感づいた次郎《じろう》兄《あに》の鼻のききかたもすごいが、その国家老《くにがろう》も運が悪いといえば、たしかに運が悪い。

「古川藩《ふるかわはん》の家老は飛騨屋《ひだや》と談合して、付け火をたくらんだってこと?」

「そうだ。そこに、両替商《りょうがえ》の越前屋《えちぜんや》も一枚《まい》くわわったというか、ひょっとすると、そもそもはじめにたくらんだのは越前屋《えちぜんや》かもしれない。越前屋《えちぜんや》は多額《たがく》の金を古川藩《ふるかわはん》に貸《か》しているし、古川藩《ふるかわはん》に返す金がなければ、取り立てもできぬからな。」

「ない袖《そで》は振《ふ》れないってことか。それで、古川藩《ふるかわはん》は忍《しの》びをやとって、江戸《えど》の町に付け火をさせようとしたってことね。」

「そうだ。そのあたりのごろつきよりは、忍《しの》びのほうがうまい。だが、いくら金があっても、商人に忍《しの》びのつてはあるまい。」

「それで、忍《しの》びはどこの忍《しの》びだったのかしら。」

「そこまでは、まだわからぬ。いずれはわかるだろうが、大名《だいみょう》を切腹《せっぷく》させるのに、忍《しの》びの流派《りゅうは》までわかる必要はない。」

「でも、まだ、じっさいに付け火はしていないんでしょ。」

「寺が焼けたではないか。」

「あ、そうか。」

「それに、昨夜の安芸守様《あきのかみさま》のお屋敷《やしき》のこともある。」

「だけど、それが古川藩《ふるかわはん》のさしがねだっていう証拠《しょうこ》は？」

小桜《こざくら》がつっこむと、一郎兄《いちろうあに》は、開かれたままになっていた机《つくえ》の上の帳簿《ちょうぼ》を閉《と》じて、言った。

「じっさいに火をつけた者がだれかなどということは、どうでもよい。それどころか、どこかに火がついた必要もない。だから、寺と安芸守様《あきのかみさま》の屋敷《やしき》が忍《しの》びの付け火によるものでなくてもいいのだ。」

「ふたつの火事が忍《しの》びの付け火じゃなくてもいいって？」

「つまり、大名《だいみょう》が江戸《えど》の町に火をつけさせようとしたことの証拠《しょうこ》があれば、火がつこうがつくまいが、また、だれに火をつけさせようとしたかは、問題にはならないということだ。

大名《だいみょう》の国家老《くにがろう》と大坂の大商人が材木の値《ね》をあげるため、付け火をたくらんだという証拠《しょうこ》だけで十分《じゅうぶん》だ。」

「そうかあ……。」

「家老はだれか家臣に言いつけて、忍《しの》びをやとわせたのだろう。忍《しの》びをやとった家臣も、とらえられる。だが、その者がやとった忍《しの》びが伊賀流《いがりゅう》であろうが甲賀流《こうがりゅう》であろうが、ほかのどこの忍《しの》びであろうが、それはどうでもいいのだ。」

「だけど、じっさいに付け火をしようとした忍《しの》びをほうっておくっていうのは、どうなの？　お寺を焼いたのも、安芸守様《あきのかみさま》のお屋敷《やしき》に火をつけようとしたのも、そいつがやったことかもしれないのに！」

「たしかに、そうかもしれない。だが、火付けをとらえるのは、町奉行所《まちぶぎょうしょ》の仕事であり、われらのつとめとは、かかわりはない。われらのつとめは、忍《しの》び狩《が》りをすることではない。外様大名《とざまだいみょう》の不祥事《ふしょうじ》をあばくことだ。」

「そうかもしれないけど……。」

そう言って、小桜《こざくら》がだまりこむと、一郎兄《いちろうあに》はふっと息をつき、

「忍《しの》びがどこの者かわかったら、おまえにも教えてやる。そうしたら、仁王《におう》の雷蔵《らいぞう》に知らせてやればいい。なみの忍《しの》びなら、雷蔵《らいぞう》がつかまえるかもしれない。」

と言って、立ちあがった。そして、

「では、釜屋《かまや》に行って、飯でも食うか。」

と言い、店の座敷《ざしき》から土間《どま》におりた。

自分も釜屋《かまや》に行って、朝餉《あさげ》にしようと、小桜《こざくら》も立ちあがり、一郎兄《いちろうあに》のあとから土間《どま》におりた。

すると、一郎兄《いちろうあに》がふりむいて言った。

「いや、どこの忍《しの》びかわかっても、雷蔵《らいぞう》はとらえられぬな。」

「どうして？」

「古川藩《ふるかわはん》が取りつぶされ、藩主《はんしゅ》が切腹《せっぷく》。飛騨屋《ひだや》と越前屋《えちぜんや》は死罪《しざい》に決まれば、もう付け火をする意味がない。きょうあたり、藩主《はんしゅ》の民部少輔《みんぶのしょう》が他藩《たはん》におあずけになれば、そのことはいっきに広まる。そういう知らせは足が速いのだ。日暮《ひぐれ》まえには、やとわれた忍《しの》びの耳にも入るだろう。そうなれば、忍《しの》びはすぐに江戸《えど》を去るだろう。」

一郎兄《いちろうあに》はそう言うと、さきに店を出ていった。

すぐに、一郎兄《いちろうあに》の声が聞こえた。

「親父《おやじ》。けさの味噌汁《みそしる》の具はなんだ?」

それに答える釜屋《かまや》の親父《おやじ》の声も聞こえたが、なんと言ったかまではわからなかった。

釜屋《かまや》の親父《おやじ》といっても、一郎《いちろう》の手下であり、橘北家《たちばなほっけ》の忍《しの》びのひとりではあるのだが。

十二段✿不意打ち

小桜《こざくら》は夕暮《ゆうぐれ》まえに、丁稚姿《でっちすがた》で城《しろ》にむかった。

伴《とも》は半守《はんす》。

商家《しょうか》の丁稚《でっち》と南蛮犬《なんばんけん》という組み合わせがか、それとも、南蛮犬《なんばんけん》がめずらしいだけなのか、すれちがう人々《ひとびと》がこちらを見る。

小桜《こざくら》は人に見られるのがいやではない。

むしろ、こんなことなら、振袖《ふりそで》を着てくればよかったと思うくらいだ。だが、振袖《ふりそで》で平《ひら》川門《かわもん》を通るのは、いくら門衛《もんえい》が御庭役《おにわやく》だとはいえ、気がひける。それに、振袖《ふりそで》で帰れば、三郎兄《さぶろうあに》がいい顔をしない。

平川門《ひらかわもん》をぬけ、橘北家《たちばなほっけ》の屋敷《やしき》につづく小道に入ったときには、日が暮《く》れて、空は暗くなりはじめていた。

半守《はんす》が突然《とつぜん》、立ちどまった。

ぐっと肩《かた》をさげ、行く手の草むらを見つめている。

草むらの中で、ぽつりと小さな明かりがともり、それがふわりと浮《う》いた。

天燈《てんとう》だ！

丁稚《でっち》のかっこうなので、武器《ぶき》といえば、ふところにしのばせている手裏剣《しゅりけん》が一本。それから、もうひとつ、もみじのかんざし。ただし、丁稚《でっち》のかっこうで脚絆《きゃはん》はおかしいので、それは帯の背中《せなか》のむすび目にさしてある。

どこの忍《しの》びかは知らぬが、江戸城《えどじょう》に侵入《しんにゅう》し、天燈《てんとう》をあげるとは大胆《だいたん》きわまる。

しかも、まもなく飛騨古川藩《ひだふるかわはん》はお取りつぶしとなる。天燈《てんとう》も付け火も無駄《むだ》になるのだ。

小桜《こざくら》は右手をふところに入れ、さらしにまいた手裏剣《しゅりけん》を出すと、さらしをはらって、柄《つか》をにぎった。

刃《は》を親指側に出すにぎりではなく、小指側にする忍《しの》びにぎりだ。

ほとんどしゃがむくらいにまで、体を低くし、手裏剣《しゅりけん》をにぎった右のこぶしを鼻のあたりにかまえる。

天燈《てんとう》はゆっくりとあがっていく。

地面近くでは風は感じられないが、木の上を弱い風が吹《ふ》いているのだろう。

天燈《てんとう》がすうっと堀《ほり》のほうに流れていく。

小桜《こざくら》は身を低くしたまま、木々《きぎ》のあいだをぬって、堀端《ほりばた》に出る。

半守《はんす》が地をはうようにして、ついてくる。

ちょうど堀《ほり》の中ごろあたりの、人の背丈《せたけ》の五、六倍のところを天燈《てんとう》がゆらゆら飛んでいく。

これでひとまず、城《しろ》の中に天燈《てんとう》が落ちることはなくなりそうだ。

だが、内堀《うちぼり》をこえ、さらに外堀《そとぼり》をこえれば、そのむこうには武家屋敷《ぶけやしき》がひろがっている。

天燈《てんとう》をあげた忍《しの》びがまだ、あたりにひそんでいるかもしれない。

しかも、ひとりとはかぎらない。

小桜《こざくら》はそばにいる半守《はんす》にささやいた。

「屋敷《やしき》に行って、知らせておいで。」

半守《はんす》が林の下の茂《しげ》みに姿《すがた》を消す。

その時、きゅうに風向きがかわったのか、天燈《てんとう》が向きをかえ、堀《ほり》のこちら側にもどりながら、高さをさげはじめた。

天燈《てんとう》はそのままさがりつづけ、最初にあらわれたあたりの草むらでおりると、そこで火が消えた。

ところが、その瞬間《しゅんかん》、小桜《こざくら》のすぐうしろで人の気配がし、何者かが背中《せなか》から組みついてきた。

不意打ちだ！

うしろからとは卑怯《ひきょう》な……という考えは武士《ぶし》のもので、忍《しの》びに卑怯《ひきょう》という言葉はない。

小桜《こざくら》の首に、左腕《ひだりうで》がかかり、しめつけようとしている。

その手首を左手でつかむと、小桜《こざくら》はぐっとねじあげる。

あいての腕《うで》が首からはずれたところで、小桜《こざくら》は右手をあげ、手裏剣《しゅりけん》を突《つ》きおろす。

あいてが身をかわしたところで、手裏剣《しゅりけん》を持った小桜《こざくら》の手首に痛《いた》みが走った。

あいての手刀が小桜《こざくら》の手首を強く打ったのだ。

小桜《こざくら》の手から手裏剣《しゅりけん》が落ちた。

「ふっ……。」

とあいてが笑ったような気がした。

あいてまで二歩の距離《きょり》だ。

黒装束《くろしょうぞく》に黒覆面《くろふくめん》。

忍《しの》びだ。

体はそれほど大きくない。

黒覆面《くろふくめん》の忍《しの》びが腰《こし》の刀の柄《つか》に手をかけた。

もし、その忍《しの》びが刀を鞘《さや》から抜《ぬ》きながら、小桜《こざくら》に体当たりをしていたら、小桜《こざくら》の胴《どう》は深手をおっていただろう。

だが、あいてはそうしなかった。

小桜《こざくら》が手裏剣《しゅりけん》を落とし、手に何もないと見て、半歩しりぞきながら、刀を抜《ぬ》いた。

刀の切っ先が鞘《さや》をはなれるとき、隙《すき》が生まれる。

その隙《すき》をねらって、小桜《こざくら》はまだ痛《いた》む右手を腰《こし》にまわし、かんざしをつかむと、あいてのふところにもぐりこみ、次の瞬間《しゅんかん》、立ちあがりながら、あいての首にむかって、かんざし

を突《つ》きあげた。

とっさにあいてがもう半歩しりぞこうとする。

小桜《こざくら》のかんざしがあいての顎《あご》をかすめた。

弱いが、手ごたえはあった。

あいては、まだ刀を抜《ぬ》ききっていない。

小桜《こざくら》はかんざしを忍《しの》びにぎりに、にぎりなおし、鼻の前でかまえる。

「ま、まて……。」

刀を鞘《さや》にもどすと、覆面《ふくめん》ごしのくぐもった声で、あいてがそう言った。そして、覆面《ふくめん》をはずした。

まだ残っている夕暮《ゆうぐれ》の弱い光で、その顔を見れば……。

「あっ！　兄上《あにうえ》！」

それは、三郎《さぶろう》兄《あに》ではないか！

「空ばかりに気がいって、あまりおまえがうしろに無防備《むぼうび》だから、ちょっとおどかしてやろうとしただけだ。」

「そんな……。」

と言いながら、三郎兄《さぶろうあに》に近づき、顎《あご》を見ると、血が流れている。

傷《きず》を見ようと、小桜《こざくら》が顔を近づけると、三郎兄《さぶろうあに》は、

「だいじょうぶだ……。」

と言って、うしろにしりぞく。

「だいじょうぶって、もしかしたら、傷《きず》が残るのでは……。」

小桜《こざくら》がそう言うと、三郎兄《さぶろうあに》は、

「それほど深い傷《きず》ではない。」

と言って、覆面《ふくめん》で血をぬぐった。

小桜《こざくら》はあいてが三郎兄《さぶろうあに》なので、

「それならいいが、さきほどのあれは……。」

と言って、天燈《てんとう》が消えた草むらのほうに目をやった。

三郎兄《さぶろうあに》は覆面《ふくめん》で顎《あご》をおさえながら言った。

「あれは佐久次《さくじ》が作った天燈《てんとう》だ。きょう、屋敷《やしき》にもどってくると、すぐに作りはじめ、な

んとか飛ぶようなのができたのだ。おまえが帰ってくるのをおれが見張《みは》っていて、おれの合図で佐久次《さくじ》が空にあげたのだ。」

「風向きがかわったからいいが、かわらなければ、あのまま武家屋敷《ぶけやしき》のほうに飛んでいったろう。あぶないではないか。」

「どこにも飛んでいきはしない。糸をつけてあるのだ。佐久次《さくじ》が糸をたぐりよせ、こちらにもどしたのだ。」

「そういうことか……。」

と言いながら、小桜《こざくら》は三郎兄《さぶろうあに》の顎《あご》に目をやったが、覆面《ふくめん》が黒いので、どれくらい血が出ているのか、わからない。

「兄上《あにうえ》。けがをさせてしまって、すまなかった。」

小桜《こざくら》がそう言うと、三郎兄《さぶろうあに》は、

「おまえはまったく悪くない。」

と言って、屋敷《やしき》にむかって歩きだした。

ふたりで屋敷《やしき》にもどると、佐久次《さくじ》が庭先で待っていて、小桜《こざくら》に天燈《てんとう》を見せてくれた。

「今さら、敵《てき》の道具を作ってもとは思ったのですが……。」

佐久次《さくじ》がそう言うと、三郎兄《さぶろうあに》が横から、

「いや。これなら、工夫次第《しだい》でいろいろ使い道がある。」

と言った。

その晩《ばん》、夕餉《ゆうげ》のあとで、三郎兄《さぶろうあに》は父の十郎左《じゅうろうざ》に奥座敷《おくざしき》に呼《よ》ばれた。

佐久次《さくじ》が作った天燈《てんとう》を見ながら、小桜《こざくら》が縁側《えんがわ》で夕涼《ゆうすず》みをしていると、三郎兄《さぶろうあに》がやってきて、横にすわり、あぐらをかいた。

「しっかり油をしぼられてしまった。」

と言って、三郎兄《さぶろうあに》はうしろに手をつき、夜空を見あげた。

「父上にしかられたのか？」

小桜《こざくら》がそう言うと、三郎兄《さぶろうあに》は空を見たまま、うなずいた。

「そりゃあ、しかられる。おれが父上なら、もっとしかる。おまえはいつも手裏剣《しゅりけん》一本しか持たないから、てっきり、今夜もそうだと思ったところがいけない。まさか、新しい武《ぶ》器《き》を持っているとは思わなかったなどと、言《い》い訳《わけ》はしなかったが、じっさいにはそういうことだ。」

それから、三郎兄《さぶろうあに》は小桜《こざくら》を見て言った。

「だが、おまえ。新手の武器《ぶき》はともかく、身のこなしがだいぶ早くなったな。兄上《あにうえ》のところで遊んでばかりいると思っていたら、稽古《けいこ》をつんでいたのか。それも、こっちの油断《ゆだん》だったな。」

「べつに、そんなには稽古《けいこ》を……。」

と小桜《こざくら》がほんとうのことを言っても、三郎兄《さぶろうあに》は、

「また、そんなこと言って、おれを油断《ゆだん》させようとしても、そうはいかないぞ。」

と言って、笑った。

十三段 ✿ 舟《ふね》

数日後、大木民部少輔定近《おおきみんぶのしょうさだちか》は切腹《せっぷく》、飛騨古川藩《ひだふるかわはん》二万石《ごく》は幕府《ばくふ》に没収《ぼっしゅう》となった。

それからしばらくして、飛騨屋《ひだや》も越前屋《えちぜんや》も、主人は死罪《しざい》となり、大坂から店はなくなった。

小桜《こざくら》が江戸城《えどじょう》の屋敷《やしき》と近江屋《おうみや》を行ったりきたりしているあいだにも、秋は深まっていった。

このごろでは、寒い日もある。

ここふた月のあいだ、小桜《こざくら》は江戸城《えどじょう》から近江屋《おうみや》にくるたびに、相模屋《さがみや》の近くの小間物屋《こまものや》で、一本ずつかんざしを買い増《ま》していった。そして、それを佐久次《さくじ》に研いでもらい、武器《ぶき》にした。

最初のもみじのかんざしを入れ、今ではもうぜんぶで五本になっている。

数がふえれば、脚絆《きゃはん》にしのばすことはできない。小桜《こざくら》は五本のかんざしを黒い麻布《あさぬの》で作った筒型《つつがた》の袋《ふくろ》に入れ、紐《ひも》でくくって、腰《こし》からさげた。

武士《ぶし》は腰《こし》に刀を二本つけるが、小桜《こざくら》がそのかんざし入れを腰《こし》につけると、忍者刀《にんじゃがたな》の横に脇差《わきざ》しをつけているようなかっこうになる。

城《しろ》の屋敷《やしき》にいても、近江屋《おうみや》にいても、毎日、小桜《こざくら》はかんざしを一本一本、手裏剣《しゅりけん》と同じように投げる稽古《けいこ》をした。

手裏剣《しゅりけん》は何本か同じ型のものをそろえて持つことができるが、なにしろ、かんざしは小《こ》桜《ざくら》がそのたびに気に入ったものを買うので、一本一本、別物だ。だから、長さもちがうし、飾《かざ》りも別だ。

かんざしは、手からはなれて、半回転して命中させるために、一本ずつ力の入れかたがちがってくる。また、飾《かざ》りがあるので、にぎりかたも同じではない。そんなわけで、すべて同じように命中させるためには、かなりの稽古《けいこ》が必要だった。

それなら、同じかんざしを何本も買うなり、同じものがなければ注文して作らせるなりして、ぜんぶ同じ形にしてそろえれば、武器《ぶき》としてふさわしいではないかと、佐久次《さくじ》も三《さぶ》郎兄《ろうあに》も、異口同音《いくどうおん》に言うのだが、一郎兄《いちろうあに》はそうは言わない。

「武器《ぶき》は、自分が気に入ったものを持つのがいいし、形のきれいなものがいい。」

と、一郎兄《いちろうあに》は言った。

かんざしを投げる稽古《けいこ》は、城《しろ》の屋敷《やしき》では昼間、屋敷《やしき》の庭で、近江屋《おうみや》に泊《と》まったときは、夜、いつものようにどこかの親藩《しんぱん》か、譜代《ふだい》の大名屋敷《だいみょうやしき》の庭でした。

近江屋《おうみや》に泊《と》まると、宵四《よいよ》ツに町の木戸《きど》が閉《し》まったあとで、小桜《こざくら》は忍《しの》び装束《しょうぞく》で裏《うら》から出る。

もちろん、半守《はんす》をつれていく。

その夜は、空に雲はなく、西にかたむいた上弦《じょうげん》の月のおかげで、外は明るかった。

明るいといっても、むろん、昼間ほどではない。しかし、半月の光があれば、忍《しの》びにとっては、まるで不自由はない。

いくらか風があった。

小桜《こざくら》は京橋《きょうばし》の手前を右、つまり城《しろ》の方向にまがろうとした。そちらに行き、外堀《そとぼり》をこえてしまえば、松平姓《まつだいらせい》の親藩《しんぱん》の大名屋敷《だいみょうやしき》がずらりとならんでいる。

だが、そのとき、半守《はんす》が立ちどまり、くんくんと地面をかぐと、いきなり左のほうにむかってかけだした。

「半守《はんす》。そっちじゃない。」

小桜《こざくら》は声をかけたが、半守《はんす》はそのまま走っていく。

「まったく、もう。そっちに行ったら、海だよ……。」

とつぶやき、しかたなく小桜《こざくら》は半守《はんす》を追った。

半守《はんす》は弾正橋《だんじょうばし》をわたり、運河《うんが》ぞいにまっすぐ道をかけぬけていく。そして、高橋《たかばし》をわたったところで、立ちどまり、うしろを見た。

小桜《こざくら》は足が速い。だが、犬、しかも大型の南蛮犬《なんばんけん》にはかなわない。

ようやく追いつき、

「どうしたの……。」

と、半守《はんす》の顔をのぞくと、半守《はんす》は運河《うんが》の河口《かこう》のほうを見た。

すると、運河《うんが》ぞいの道を御船手奉行向井将監《おふなてぶぎょうむかいしょうげん》の屋敷《やしき》にむかって、走っていく一団《いちだん》のうしろ姿《すがた》が見えた。
一、二、三、四……。ぜんぶで五人。

走りかたはさまになっているが、かっこうは忍《しの》びではない。

どうやら岡《おか》っ引《ぴ》きのようだ。

いくらあいてが忍《しの》びでなくても、このまま走って追えば、気づかれてしまう。

見れば、町屋《まちや》の壁《かべ》ぞいに、大きな樽《たる》がさかさにされて、ならんでいる。

小桜《こざくら》は樽《たる》に跳《と》びのると、そこから屋根にあがり、五人の男を追った。

半守《はんす》がうしろからついてくる。

町屋《まちや》がとぎれ、そのさきは向井将監《むかいしょうげん》の屋敷《やしき》の塀《へい》というところまで行くと、五人の男たちは身を低くし、あたりをうかがいだした。

小桜《こざくら》は二度、三度と屋根から屋根に跳《と》びうつり、男たちに気《け》どられない程度《ていど》まで近づいた。

風は東から西に吹《ふ》いている。

すぐそこは海だ。風が強くなってくる。

その東風にのって、艪《ろ》の音が聞こえてきた。

屋形船《やかたぶね》ほどの大きさの舟《ふね》が石川島《いしかわじま》のほうから、ゆっくりとやってくる。

屋形船《やかたぶね》とちがって、屋根はない。

男たちのうちのひとりが言った。

「きたぞ。あれにちげえねえ！」

小桜《こざくら》はその声に聞きおぼえがあった。

仁王《におう》の雷蔵《らいぞう》ではないか。

だが、小桜《こざくら》は今、忍《しの》び装束《しょうぞく》だ。

雷蔵《らいぞう》は近江屋《おうみや》にいる者たちの正体が何者なのか、気づいているようではあるが、だからといって、道におりていって、

「親分さん。こんばんは。」

と挨拶《あいさつ》をするわけにもいかない。

こんなことなら、忍《しの》び装束《しょうぞく》ではなく、小袖《こそで》でも着てくればよかった……と思ったが、まさか、ここで雷蔵《らいぞう》の姿《すがた》を見るとは思わない。

五人のうちのひとりが雷蔵《らいぞう》なら、あとの四人は雷蔵《らいぞう》の子分にちがいなかった。

たぶん、これから捕《と》り物《もの》があるのだろう。

海に近いことからすると、抜《ぬ》け荷《に》だろう。

これは見物するにしくはない。

小桜《こざくら》はできるだけ、雷蔵《らいぞう》に近づくことにした。

まるで這《は》うようにして、屋根の上を進み、すぐ下には雷蔵《らいぞう》がいるというところまできて、小桜《こざくら》はうつぶせになり、屋根のはしから顔を出して、道をのぞいた。

そのあいだにも、石川島《いしかわじま》のほうからやってきた舟《ふね》はこちらに近づいてくる。

舟《ふね》には低く荷が積んであるようだが、おおいがかかっていて、荷がなんなのかはわからない。

「よし、こっちにくる。」

雷蔵《らいぞう》はそう言うと、立ちあがり、運河《うんが》づたいに、道をもどりはじめた。

小桜《こざくら》は屋根の上を走って、雷蔵《らいぞう》たちを追った。

高橋《たかばし》のたもとまでもどると、雷蔵《らいぞう》は、

「散れ！」

と子分たちに命じ、近くの橋の欄干《らんかん》のうしろに身をかくした。

子分たちも、あちらこちらの物陰《ものかげ》に身をひそめる。

小桜《こざくら》がいる屋根の下に用水桶《ようすいおけ》があった。そのうしろに子分のひとりがかくれている。

やがて、舟《ふね》が運河《うんが》に入ってきた。

印半纏《しるしばんてん》を着た船頭《せんどう》のほか、人がふたり乗っているようだ。ふたりは船べりにうずくまっている。

舟《ふね》の方角の取りかたから見ると、どうやら、高橋《たかばし》の下をくぐらず、その手前をまがって、稲荷橋《いなりばし》にむかうようだ。

稲荷橋《いなりばし》をくぐれば、その先は中ノ橋《なかはし》、そして、その三つさきは京橋《きょうばし》だ。そのあたりに行けば、商家《しょうか》がずらりとならんでいる。

抜《ぬ》け荷《に》の取《と》り締《し》まりは、むろん、御庭役《おにわやく》のおつとめではない。それに、御庭役《おにわやく》はみだりに町方《まちかた》のことに手を出してはならないきまりだ。だから、雷蔵《らいぞう》たちが何をしようが、見物しているしかないのだが、雷蔵《らいぞう》の身があぶなくなれば、加勢《かせい》しても、一郎兄《いちろうあに》にしかられはしないだろう。

そんな気持ちで、屋根から見ていると、案の定、舟《ふね》は稲荷橋《いなりばし》の下に入ろうとしている。

雷蔵《らいぞう》が右手をあげ、帯から十手《じって》を抜《ぬ》き、
「行け！」
と言って、立ちあがった。
あちらこちらから子分たちがわらわらと跳《と》びだしてくる。
それに気づいたのだろう。
船頭《せんどう》が顔をあげた。
うずくまっていたふたりが立ちあがった。
ふたりとも、船頭《せんどう》と同じような印半纏《しるしばんてん》を着ている。
船頭《せんどう》が印半纏《しるしばんてん》を脱《ぬ》いだ。ほかのふたりも脱《ぬ》いだ。
「あ……。」
と思わず、小桜《こざくら》は小さな声をあげた。
印半纏《しるしばんてん》の下にあらわれたのは黒い忍《しの》び装束《しょうぞく》だったのだ。
だが、覆面《ふくめん》はしていない。
ふつう、乗っている者が急に立てば、舟《ふね》はかたむいたり、左右にゆれたりするものだ。

だが、そんなようすはなかった。

やはり、乗っているのは忍《しの》びだ。

舟《ふね》はまっすぐに進み、稲荷橋《いなりばし》の真下に入った。

雷蔵《らいぞう》と子分たちは稲荷橋《いなりばし》の上にかけていくと、下にあらわれた舟《ふね》に、まず、雷蔵《らいぞう》が、つぎに子分たちが跳《と》びおりていった。

ここまでくれば、屋根の上にいることはない。

小桜《こざくら》は道に跳《と》びおりた。

うしろから半守《はんす》も跳《と》びおりてくる。

舟《ふね》では五対三の格闘《かくとう》がはじまっている。

「野郎《やろう》っ！」

「うーりゃっ！」

「それっ！」

声はすべて、雷蔵《らいぞう》か、子分たちの声だ。

忍《しの》びは戦うとき、そのような大声はあげない。

ドボンと水音をあげて、雷蔵《らいぞう》の子分がひとり、水に落ちた。

船頭役《せんどうやく》の忍《しの》びの前に、ふたりの忍《しの》びが立ちふさがっている。

そのうちのひとりに、雷蔵《らいぞう》の子分がふたり、同時におそいかかった。

だが、ひとりは手刀で、もうひとりはまわし蹴《げ》りの一撃《いちげき》で、つづけざまに運河《うんが》に落ちた。

五人のうち、三人が水に落とされ、あとは雷蔵《らいぞう》と子分ひとりだった。

だが、雷蔵《らいぞう》はひるまなかった。

「御用《ごよう》だ！　神妙《しんみょう》にしろ！」

それは、岡《おか》っ引《ぴ》きのきまり文句《もんく》なのだろうが、そんなことで、あいてがおとなしくなるわけはない。しかも、人数は逆転《ぎゃくてん》しているのだ。

忍《しの》びのひとりがすっと刀を抜《ぬ》いた。

雷蔵《らいぞう》は一歩前に出ると、子分の肩《かた》をどんと突《つ》いた。

「あっ！」

と声をあげ、子分が水に落ちた。

雷蔵《らいぞう》はあいての力量が子分の力をはるかにこえると見てとったのだろう。

水に落とすことによって、逃《に》がしたのだ。

忍《しの》びがひとり、すっと前に出た。

雷蔵《らいぞう》が十手《じって》をかまえながら、あとずさりする。

そのあいだに、舟《ふね》は中《なか》ノ橋《はし》の下にさしかかった。

小桜《こざくら》は中《なか》ノ橋《はし》の上にかけていき、船頭役《せんどうやく》の忍《しの》びが真下にきたとき、橋の上から跳《と》びおりた。

まさか、上から攻《せ》められるとは思っていなかったのだろう。

船頭役《せんどうやく》の忍《しの》びが上を見たときにはもう、小桜《こざくら》の右《みぎ》ひざが忍《しの》びの顔面を直撃《ちょくげき》していた。

よろっとよろめいたところを、あとから跳《と》びおりてきた半守《はんす》がおそいかかる。

首すじめがけて半守《はんす》が跳《と》びつくと、あわてた忍《しの》びは艪《ろ》から両手をはなし、のけぞった。

半守《はんす》が跳《と》びのく。

だが、そのときにはもう、忍《しの》びは半身以上、舟《ふね》から落ちかかり、そのまま水しぶきをあげて、水に落ちた。

それでも、なんとか泳いで舟《ふね》にもどろうとし、忍《しの》びが舟《ふね》べりに左手をかけたところで、

小桜《こざくら》は腰《こし》のかんざし入れの紐《ひも》をほどき、中から一本取りだすと、それを忍《しの》びの手《て》の甲《こう》めがけて、ふりおろした。

かんざしはぐさりと手《て》の甲《こう》にささったが、忍《しの》びは声もあげない。それどころか、今度は右手を舟《ふね》べりにかけた。

小桜《こざくら》はかんざしをもう一本取りだし、忍《しの》びの右手にも、同じようにふりおろした。

さすがに耐《た》えきれず、両手の甲《こう》にかんざしをさしたまま、忍《しの》びが舟《ふね》からはなれた。

これで、忍《しの》びはあとふたり。

二対二の互角《ごかく》だ。

そのとき、小桜《こざくら》のうしろがぱっと明るくなった。

ひとりの忍《しの》びが荷にかけてあったおおいをとりのぞいたのだ。

もうひとりの忍《しの》びが雷蔵《らいぞう》を船首に追いつめている。

荷のおおいをとった忍《しの》びが刀を抜《ぬ》いて、足元の綱《つな》を切った。

おおいの下の荷が青白く光りながら、ふわりと浮《う》きあがる。

ひとつ、ふたつ、三つ、四つ、五つ……。

次々に浮《う》かびあがっていく。

それは天燈《てんとう》だった。

光が青白いのは、外張《そとば》りに藍染《あいぞめ》の薄《うす》い布《ぬの》を使っているからだろう。

おりからの東風にのって、天燈《てんとう》が京橋《きょうばし》のほうに飛び去ろうとしている。

目の前の忍《しの》び、そして、天燈《てんとう》……。

すると、こいつらは、古川藩《ふるかわはん》にやとわれた忍《しの》びなのか？　だが、大木民部少輔定近《おおきみんぶのしょうさだちか》はすでに切腹《せっぷく》している。領地《りょうち》も幕府《ばくふ》に召《め》しあげられている。今さら、天燈《てんとう》で付け火をしても、いったい何になるというのだ！

しかし、そんなことを考えている時ではない。

小桜《こざくら》は、あがっていく天燈《てんとう》めがけ、のこりのかんざしを投げつけた。

のこりは三本。

三本とも、それぞれひとつずつ天燈《てんとう》に命中し、穴《あな》のあいた天燈《てんとう》はかたむいて運河《うんが》に落ちた。

落ちると同時に、水の上に炎《ほのお》がひろがる。

油がたっぷりしこんであるのだ。

そんなものがひとつでも、商家《しょうか》が密集《みっしゅう》した日本橋《にほんばし》あたりに落ちたら、どうなるか？

町屋《まちや》では、人々《ひとびと》が起きている時刻《じこく》ではない。

しかも、この風だ……。

三つ落としても、天燈《てんとう》はまだ空に三つ。それから今まさに舟《ふね》からはなれようとしているのが、六つある。

その六つがまだ腰《こし》の高さほどのとき、雷蔵《らいぞう》が十手《じって》をかざして、忍《しの》びにおそいかかった。

忍《しの》びの刀と雷蔵《らいぞう》の十手《じって》がぶつかり、火花があがる。

だが、それで、雷蔵《らいぞう》と忍《しの》びの立ち位置が逆《ぎゃく》になった。

舟首《せんしゅ》に忍《しの》び、そのこちら側に雷蔵《らいぞう》。そして、もうひとりの忍《しの》びがいて、そのこちら側に半守《はんす》。

高くあがろうとしている天燈《てんとう》を雷蔵《らいぞう》は十手《じって》ではらいおとす。

ひとつ、ふたつとはらいおとしたが、それも三つまでだった。あとの三つはもう手のとどかないところまであがってしまった。

さきに空にあがっていった三つをふくめると、ぜんぶで六つ。

六つの天燈《てんとう》が江戸《えど》の空にあがっていく。

小桜《こざくら》は刀を左手に持ちかえると、右手をふところに入れ、さらしにくるまれた手裏剣《しゅりけん》を出した。

さらしをはらいおとし、いちばん近いところにある天燈《てんとう》にむかって、手裏剣《しゅりけん》を投げつける。

命中！

天燈《てんとう》が落ち、水面に火の輪がひろがる。

舟《ふね》の近くを泳いでいる子分にむかって、雷蔵《らいぞう》が大声をあげた。

「おかにあがって、半鐘《はんしょう》を鳴らせ。火消しに、火事を知らせろ！」

まだ、家に天燈《てんとう》はひとつも落ちていない。だが、あがっていく五つの天燈《てんとう》と、水に落ちた天燈《てんとう》のまわりにできた火の輪を見れば、火事はもう時間の問題だ。

しかも、この東風！

だが、そのとき風向きが西からいくらか南にかわった。

五つの天燈《てんとう》が方向をかえ、舟《ふね》から見て、左のほうに流れていく。
左岸にならぶ町屋《まちや》のむこうは、本多主膳正《ほんだしゅぜんのかみ》の屋敷《やしき》だ。
そこなら、まだ町屋《まちや》に落ちるよりはいい。
こちらに背《せ》を見せていた雷蔵《らいぞう》が、
「御用《ごよう》だ！」
と大声をあげ、舟首《せんしゅ》の忍《しの》びにおどりかかった。
忍《しの》びはさっと身をかわし、どんと雷蔵《らいぞう》の肩《かた》をついた。
よろめいた雷蔵《らいぞう》はそのまま舟《ふね》から落ちた。
舟《ふね》にはもう、忍《しの》びふたりと小桜《こざくら》。それから半守《はんす》しかいない。
やや南向きの東風で、舟《ふね》もまた流される。
ガッと船首が岸の石垣《いしがき》にぶつかる。
それと同時に、ふたりの忍《しの》びが舟《ふね》から岸に跳《と》びあがった。
その揺《ゆ》りかえしで、舟《ふね》がまた岸からはなれる。
天燈《てんとう》は本多主膳正《ほんだしゅぜんのかみ》の屋敷《やしき》のむこうに飛んでいく。

カーン、カーンと半鐘《はんしょう》が鳴りはじめた。

雷蔵《らいぞう》の子分がたたいているのだろう。

雷蔵《らいぞう》はといえば、ようやく舟《ふね》に泳ぎつき、はいあがろうとしている。

岸にあがった忍《しの》びのひとりが刀を鞘《さや》におさめ、小桜《こざくら》を見おろして言った。

「橘北家《たちばなほっけ》の者だな。」

年は四十くらいだろう。肌《はだ》は漁師《りょうし》のように浅黒く、濃《こ》い眉《まゆ》の下の目がするどい。

むろん、小桜《こざくら》は答えない。

半守《はんす》が腰《こし》をおとし、岸に跳《と》びあがろうとした。

「やめろ！」

小桜《こざくら》が半守《はんす》に命じると、半守《はんす》は腰《こし》をあげ、小桜《こざくら》の顔を見た。

舟《ふね》がぐっとかたむいたので、雷蔵《らいぞう》が舟《ふね》にあがってきたのがわかった。

忍《しの》びが言った。

「くのいち、よく聞いておけ。そこにいる岡《おか》っ引《ぴ》きもだ。われらは瀬戸流《せとりゅう》の忍《しの》びだ。」

忍《しの》びはたずねられても、流派《りゅうは》など言わない。きかれもしないのに、なぜ言うのか。

小桜《こざくら》はいぶかしく思ったが、忍《しの》びはそこでやめはせず、さらに言った。

「古川藩《ふるかわはん》の依頼《いらい》で、江戸《えど》の町に火をつける。いや、もうつけたも同じだ。」

天燈《てんとう》が飛んでいったほうをちらりと見あげ、忍《しの》びはさらに言った。

「よく聞け。われら、瀬戸流《せとりゅう》の忍《しの》びは、対価《たいか》を受けとれば、もはや、それをおこなっても無駄《むだ》となっても、かならずおこなう。」

それから、忍《しの》びは、

「さらば、犬ども！」

と言って、町屋《まちや》の屋根にあがり、姿《すがた》を消した。

舟《ふね》にあった棹《さお》で、雷蔵《らいぞう》が舟《ふね》を岸によせた。

岸にあがると、小桜《こざくら》はすぐ、ふたりの忍《しの》びが消えた町屋《まちや》の屋根にあがったが、すでに忍《しの》びの姿《すがた》はなかった。

本多主膳正《ほんだしゅぜんのかみ》の屋敷《やしき》が見えた。

五つの天燈《てんとう》のうち、ふたつは本多主膳正《ほんだしゅぜんのかみ》の屋敷《やしき》の庭に落ちた。

屋敷《やしき》の侍《さむらい》が気づき、火を消そうとしている。

残りの三つのうち、ふたつが運河《うんが》ぞいに飛んでいく。

ひとつが京橋《きょうばし》のむこうに落ちた。

町屋《まちや》の屋根に落ち、瓦《かわら》の上を火がひろがる。

半鐘《はんしょう》が鳴っている。

風向きからすると、近江屋《おうみや》のほうに火がいくには、まだだいぶ時がかかるだろう。それに、近江屋《おうみや》の者はみな、忍《しの》びなのだ。半鐘《はんしょう》も鳴っているし、火事で焼け死ぬことはあるまい。

京橋《きょうばし》近くの町屋《まちや》が燃《も》えだした。

騒《さわ》ぎがおこり、火消しの纏《まとい》が見えた。

風向きがかわったのか、ふたつの天燈《てんとう》が押《お》しもどされ、京橋《きょうばし》の南側の町屋《まちや》の屋根に落ちた。

瓦《かわら》屋根を火がひろがっていく。

小桜《こざくら》はもう、なすすべがない。

あとは火消したちがうまく火の手を止めてくれるのを待つだけだ。

最後の天燈《てんとう》がこちらにもどってくる。
京橋《きょうばし》のほとんど真南にある紀伊国橋《きのくにばし》にさしかかった。
紀伊国橋《きのくにばし》のこちら側は木挽町《こびきちょう》だ。
木挽町《こびきちょう》といえば、市川桜花《いちかわおうか》の芝居《しばい》小屋があるところだ。
芝居《しばい》小屋の櫓《やぐら》が見える。
火消したちはまだきていない。
だが、あの不思議な桜花《おうか》のことだ。火事になっても、死ぬことはないだろう。
天燈《てんとう》が芝居《しばい》小屋の櫓《やぐら》の真上にきた。
風が止まった。
その瞬間《しゅんかん》、まだ、天燈《てんとう》が下に落ちていないのに、芝居《しばい》小屋のあたりに煙《けむり》があがった。
いや、煙《けむり》ではない。雨だ！
ものすごいいきおいで、芝居《しばい》小屋とその周囲にだけ、雨が降《ふ》りだしたのだ。
芝居《しばい》小屋のむこうには、月がかかっている。星も見える。
空は晴れているのだ。

天気雨……。

夜の天気雨……。

狐《きつね》の嫁入《よめい》り……。

大雨で天燈《てんとう》はたたきおとされたのだろう。もう、どこにあるかも、わからない。

だが、雨が降《ふ》っているのはそこだけで、京橋《きょうばし》のむこうはまだ火が燃《も》えている。

半鐘《はんしょう》が聞こえ、騒《さわ》ぎの声が聞こえてくる。

「火消しもきている。町がふたつか三つ燃《も》えれば、火はおさまるだろう。姫《ひめ》がいくつもの天燈《てんとう》を落としていなければ、もっとひどいことになっただろう。」

足元で声がした。

そこには半守《はんす》しかいない。

跋《ばつ》

火事は京橋《きょうばし》の北側の町屋《まちや》を数十軒《けん》焼いたが、半鐘《はんしょう》の鳴りはじめが早かったので、焼死者は出ず、軽いやけどをした者が数人で、しかも、それは見物にきたよその町の者だった。

もちろん、火事の夜、近江屋《おうみや》に帰ってから、小桜《こざくら》は見たこと、聞いたこと、自分がしたことを細大もらさず、一郎兄《いちろうあに》と佐久次《さくじ》に話した。

あいての忍《しの》びが瀬戸流《せとりゅう》だと言っていたことを話すと、一郎兄《いちろうあに》は、

「四十がらみの、目のするどい男か?」

と言った。

「はい。」

小桜《こざくら》がうなずくと、一郎兄《いちろうあに》は、

「犬も歩けば棒《ぼう》に当たる。桜《さくら》が歩けば風に当たるということか。」

とつぶやいてから、

「それは、瀬戸流《せとりゅう》の海風《かいふう》という忍《しの》びだろう。」

と言った。だが、その瀬戸流《せとりゅう》の海風《かいふう》という者がどういう忍《しの》びなのかは、それ以上言わなかった。

佐久次《さくじ》もその男のことにはふれず、

「風だけでよかった。火をかぶったら、おおごとでした。」

と言っただけだった。

火事から三日後の朝、近江屋《おうみや》で朝餉《あさげ》がすんだころ、となりの釜屋《かまや》の親父《おやじ》がやってきて言った。

「仁王《におう》の雷蔵《らいぞう》親分がうちにいらしてます。」

佐久次《さくじ》と小桜《こざくら》がおもてからまわって、釜屋《かまや》に行くと、雷蔵《らいぞう》が卓《たく》を前にして、腰《こし》かけている。

佐久次《さくじ》と小桜《こざくら》がその前にすわると、雷蔵《らいぞう》は言った。

「番頭《ばんとう》さん。おはようございやす。火事の翌朝《よくあさ》にうかがわなきゃいけないところだったたんですが、なにしろ、お奉行様《ぶぎょうさま》に呼《よ》ばれて、あれこれたずねられたり、火消し衆《しゅう》のところをまわって、挨拶《あいさつ》しなきゃならなかったりで、こちらにうかがうのがおくれちまって、もうしわけねえことで。おかげさまで、お奉行様《ぶぎょうさま》からは、ご褒美《ほうび》をたんまりいただき、それもこれもみな、番頭《ばんとう》さんのおかげだっていうのに……。」

雷蔵《らいぞう》がそう言うと、佐久次《さくじ》は顔の前で手を左右にふって言った。

「いや。そんなことはありませんよ。」

「いや、いや。あの天燈《てんとう》ってやつを番頭《ばんとう》さんに見せてもらっていたから、あの夜、下手人《げしゅにん》たちがあのあたりにあらわれるのがわかったんですからね。」

それを聞いて、小桜《こざくら》は佐久次《さくじ》の顔を見た。

「天燈《てんとう》を親分さんに見せたの？」

それに答えたのは佐久次《さくじ》ではなく、雷蔵《らいぞう》だった。

「前の寺の火事のときに使われたのは、こういうのだろうって、番頭《ばんとう》さんがうちに持ってきてくださったんで。しかし、番頭《ばんとう》さんは器用ですねえ。提灯屋《ちょうちんや》顔負けですよ。」

すると、佐久次《さくじ》は小桜《こざくら》に、

「なんでも、どこかのお大名《だいみょう》と上方《かみがた》の商人がつるんで、江戸《えど》に火事を起こそうっていう、とんでもないたくらみがあったようで、寺で起こった火事も、それとかかわりがあり、天《てん》燈《とう》っていう、空飛ぶ提灯《ちょうちん》みたいなのが使われたっていううわさがありましてね。それで、見当をつけて、仕事のあいまに、わたしも作ってみたんですよ。」

と、小桜《こざくら》が知っていることを言った。

いつのまにか、佐久次《さくじ》は天燈《てんとう》を雷蔵《らいぞう》のところに見せにいっていたのだろう。

つづけて雷蔵《らいぞう》が小桜《こざくら》に言った。

「見当をつけて、天燈《てんとう》を作るなんて、洒落《しゃれ》だね。だけど、付け火となると洒落《しゃれ》じゃあすまない。今後のこともあるからって、あっしに見せにきてくれたってわけでね。それを見て、あっしはうなりました。こんなもの使って、付け火をされたんじゃあ、いっぺんに、あっちこっちに火がつきますからね。それで、あっしは、提灯屋《ちょうちんや》はもちろん、紙屋やら、木綿《もめん》屋《や》やら、竹屋やら、その天燈《てんとう》ってやつの材料になりそうな品物をあつかっている店をまわり、日ごろ、来ない客がきて、たくさん買っていったら、すぐには品がそろわないから、あとで来てくれと言って、いったんその客を帰し、あっしのところに知らせにくるように言っておいたんです。」

それで、どうなったかというと、雷蔵《らいぞう》はおよそこういう話をした。

あの火事の何日か前に、蔵前《くらまえ》の木綿屋《もめんや》に駕籠屋《かごや》がふたりやってきた。藍染《あいぞ》めの薄手《うすで》の木綿《もめん》をひとかかえも買いにきたのだ。それで、雷蔵《らいぞう》に言われたとおり、店の主人が、すぐには品がそろわないと言うと、駕籠屋《かごや》は帰らず、品がそろうまで店先で待つと言うので、すぐに店の者が雷蔵《らいぞう》を呼《よ》びにいった。それで、雷蔵《らいぞう》がきたところで、今、品がそろったというふりをして、注文の品を駕籠《かご》につみこんだのだ。

もちろん、雷蔵《らいぞう》は木綿《もめん》をつんだ駕籠《かご》のあとをつけた。すると、駕籠《かご》屋は御船手奉行《おふなてぶぎょう》の向《むか》井将監《いしょうげん》の屋敷《やしき》の近くの川岸まで行き、そこで荷物をおろした。そこには、男がふたり待っていて、近くに泊《と》めてあった小舟《こぶね》に荷物をのせかえると、その舟で石川島《いしかわじま》にわたったのだ。

どうせ、駕籠《かご》屋はたのまれ仕事をしただけだろうし、駕籠《かご》屋を問いつめて、もし、それがむこうの耳に入ると、やっかいなことになる。そこで、雷蔵《らいぞう》は駕籠《かご》屋は見すごした。

石川島《いしかわじま》なら、漁師《りょうし》がおおぜいいる。舟《ふね》があっても、目立たない。

雷蔵《らいぞう》は、付け火に天燈《てんとう》を使うなら、風のある日の夜遅《おそ》くだろうとふんで、それから風のある夜は、いつも子分をつれて、向井将監《むかいしょうげん》の屋敷《やしき》あたりに出ばっていったのだ。石川島《いしかわじま》からこちら側の運河《うんが》に入るには、向井将監《むかいしょうげん》の屋敷《やしき》あたりが近く、その先は運河《うんが》が入り組んでいる。

すると、何日目かに、石川島《いしかわじま》のほうから舟《ふね》があらわれ、あとは小桜《こざくら》の知っているとおりだった。

「賊《ぞく》は三人で、けっきょく、ひとりもつかまえられませんでしたが、火事があれだけですんだのも、まあ、なんて言いましょうか……。」

とそこまで言って、雷蔵《らいぞう》は小桜《こざくら》の顔をちらりと見た。そして、そのあと、こう言った。

「あっしらの手柄《てがら》ですからねえ。」

そのあと、雷蔵《らいぞう》は火事とはかかわりのない話を佐久次《さくじ》として、釜屋《かまや》で朝飯を食べて帰った。

火事の夜、そこに小桜《こざくら》がいたこと、それどころか、くのいちらしい者がいたことすら、雷蔵《らいぞう》は口にしなかった。

そのかわり、雷蔵《らいぞう》は帰りがけに、釜屋《かまや》の外まで見送りに出た小桜《こざくら》に、

「あ、そうそう。これ、顔見知りの職人《しょくにん》に大急ぎで作らせたんで。お嬢《じょう》さんに気に入っていただけるかどうか、わかりませんが、あっしからの気持ちです。あとで、ごらんになってください。」

と言って、錦《にしき》の布袋《ぬのぶくろ》を手わたした。

その重さで、小桜《こざくら》は中身に見当はついた。だが、

「どうもありがとう、親分さん。」

とだけ言って、去っていく雷蔵《らいぞう》を見送った。

あとで、錦《にしき》の袋《ふくろ》の紐《ひも》をとき、中の物を出すと、それは六本の銀のかんざしだった。かんざしはみな同じもので、小さな桜《さくら》が彫《ほ》ってあった。さすがに、先までは研いではなかったが。あのとき使ったのは手裏剣《しゅりけん》が一本、かんざしが五本だった。数は合っている。

木挽町《こびきちょう》にだけ降《ふ》った大雨について、一郎兄《いちろうあに》は、

「やはりな……。」

と言い、佐久次《さくじ》は、

「ひとところだけに雨が降《ふ》ることだって、ありますよ。」

と言った。

小桜《こざくら》は、どちらかと言うと、一郎兄《いちろうあに》の考えのほうにかたむいている。

作　斉藤 洋(さいとう・ひろし)
1952年東京に生まれる。1986年『ルドルフとイッパイアッテナ』で講談社児童文学新人賞を受賞。1988年『ルドルフともだちひとりだち』で野間児童文芸新人賞を受賞。1991年「路傍の石」幼少年文学賞を受賞。2013年『ルドルフとスノーホワイト』で野間児童文芸賞を受賞。主な作品に、『ルーディーボール』(以上はすべて講談社)、「なん者ひなた丸」シリーズ（あかね書房)、『白狐魔記』(偕成社)、「西遊記」シリーズ（理論社)、「シェイクスピア名作劇場」シリーズ（あすなろ書房）などがある。

絵　大矢正和(おおや・まさかず)
1969年生まれ。日本大学理工学部建築学科卒業。イラストレーター。主な作品に、『3びきのお医者さん』(佼成出版社)、『シアター！』(メディアワークス文庫)、『米村でんじろうのDVDでわかるおもしろ実験!!』『笑撃・ポトラッチ大戦』(ともに講談社）などがある。

くのいち小桜忍法帖
火の降る夜に桜舞う
2015年11月30日　初版発行
2017年12月10日　２刷発行

作────斉藤 洋
絵────大矢正和
発行者──山浦真一
発行所──あすなろ書房
〒162-0041　東京都新宿区早稲田鶴巻町551-4
電話　03-3203-3350（代表）

カバーデザイン　坂川栄治＋坂川朱音（坂川事務所）
本文デザイン・組版　アジュール
印刷所　佐久印刷所
製本所　ナショナル製本
企画・編集　小宮山民人（きりんの本棚）

ISBN978-4-7515-2761-0　NDC913
Printed in Japan

くのいち小桜忍法帖1

月夜に見参！

時は元禄、江戸の町では、
同心や忍びがつぎつぎ殺され、
子どもたちが、かどわかされていた。
事件の謎を追う、
くのいち小桜の身にも危険が…！？